うふふな日々

あさのあつこ

PHP
文芸文庫

○本表紙デザイン＋ロゴ＝川上成夫

はじめに

いやいやいや、まさか、『うふふな日々』が一冊にまとまるなどと、アサノ、考えてもおりませんなんだのう。『ＰＨＰ』の編集部から「日々のあれこれをエッセイ風に綴ってみませんかね」と勧められたのは、はや……はや、あれ？　何年前になるかしら。このところ、仕事のしすぎで少し頭がぼんやりしているのです。何しろ睡眠時間を削り、食事もそこそこに、毎日せっせと仕事をしているのですから、しかたないですよね。それにしても、こんな勤勉、真面目、誠実な物書きは、日本広しといえども（狭いかもしれないけど）、アサノぐらいでしょう。人としての質が強く、美しく、凛々しいのね、あたし。

アサノ（ため息）、ええかげんにしてくれる？　今まで一日十時間寝てたのを八時間に減らしただけやないの。ｂｙ悪友Ｂ。

そうそう（相槌三回）、しかも食事をそこそこにして間食、ばっちり食べまくってんの、ばらすで、ほんま。byアザ友A。

ふふん、お馬鹿なおばちゃんたちは無視するとして、話を元に戻します。えっと、あのともかく、何年か前、わたしはエッセイを書くように勧められました。場所は都内の某ホテルのラウンジだったと記憶しています（ここの記憶が鮮明なのは、コーヒー一杯の値段が千円を超えていて仰天したからです。仰天した後、《支払いは絶対にPHPがしてくれるよね。だとしたら千円ちょっとのコーヒーをただで飲めるってわけだよね。ラッキー。ついでにケーキも頼んじゃおう》と、〃お得気分〃を満喫しました。↑おかん、せこすぎ。恥ずかしい。頼むから、本音をだだ漏れさせせんといてくれ。byアサノ毛いやアサノ家息子たち）。わたしは正直、躊躇しました。編集さんは、わたしの上品かつ優美かつ華やかな出で立ち、外見、姿形を見て、アサノの日常が、〇〇姉妹もびっくり（ちょっと古いけど）のゴージャス&セレブリティなものだと誤解しているにちがいないと思ったからです。

わたしは、千円以上もするコーヒーにどぼどぼミルクを入れ、がちゃがちゃかき混ぜながら正直に告げました。

「熊五朗（仮名）さん、あの……思い違いをしていらっしゃると困るのですが、わたくしの日常って、思いの外、何にもなくて、つまり、とっても平凡でごく普通の」

「わかってますよ」

　熊五朗はブラックコーヒーを口に運びながら、あっさり言いきりました。

「アサノさんの日常ですから、特別ゴージャスだとか、セレブっぽいとか、全く期待してません。そこらあたりを考えるなら他の方に頼みますから安心してください。ははははは」

「はぁ……」

「アサノさん」（不意に居住まいを正す）

「はい」

「あなたには何かがあります」

　おお、熊五朗。おぬし、アサノの物書きとしての実力、才能にやっと気がついたのだな。

「ずっこけまくりで、あほらしく、意味のない日々を書けるのは、あなたしかいません」

　はぁ……。そんなもの書きたい人も他にいないだろうよ、熊五朗。

そんなこんなで連載の始まったエッセイは、二年間も続きました。熊五朗、意外に我慢強く付き合ってくれたわけです。

二年間、自分の身の回りのあれやこれや（他人にはどうでもいいような）を書き続けたおかげでしょうか、ずっこけまくりで、あほらしく、意味のない一日一日が、けっこう大切で愛（いと）しいと思える今日このごろです。読んでいただけたら嬉（うれ）しいのですが。あっ、でも、家族、親族、友人、知人のみんなは読まないでね。

うふふな日々

目次

第一章　季節はめぐる

第二章　思考はめぐる

第三章　人生はめぐる

うふふな日々

第一章　季節はめぐる

美しいもの

冬ってきれいだなあとしみじみ思う。わたしは、この季節が大好きなのだ。とはいっても寒さに強いわけではない。元来怠け者で、自他ともに認める「不精女王」のわたしとしては、冬の楽しみは、炬燵に潜り込んで、蜜柑だのお餅だのを食べつつ、好きな本を読みつつ、猫の毛づくろいをしてやりつつ、いつの間にか転寝をしつつ過ごすことだ。

ただ、子どものころの記憶とか経験とかは、人の基になる。人生の基礎工事の時期に自分の魂の内に取り入れた諸々が人間の概要を作っていく……のではないかと、わたしは思っているのだ。良くも悪くも。

わたしは岡山北東部の小さな温泉町で生まれ育った。どうしたことか、今も、実家から車で数分の距離、同じ町内に暮らしている。因みにこの実家に住んでいるのは、家の管理を任せられた、叔母一人だ。父はすでに鬼籍の人だが、まだ十分に達者で後期高齢者扱いなどされようものなら憤慨してハンストでもしでかしそうな母も、昔病弱な文学少女、今はちょい不良おばさんの姉も、その姉と同じ血を引くとはとうてい思えない真面目で堅気で、でもどこかずっこけている（まあ、このあたりは姉弟よく似ているが）弟も、みんなみんな南に行ってしまった。百万都市だのなんだのと浮かれている岡山市の住人なのだ。

　わたしは侍女、いや、次女である。忘れもしない中学校の卒業式の夜、母はわたしに、

「あんたは自由に生きてもええから。好きなことを見つけて、好きなように生きんちゃい。応援してあげるけん。そのかわり、自分に責任を負えるような大人になるんで」

　と、これぞ母親の鑑ともいうべき言葉を伝えた。正直、感激した。自由に生きるとか自らに責任を負うとか珠玉の言の葉に若い心が震えたのである。こんな狭い山間の町ではなく、もっと広く、もっと可能性に満ちた場所にわたしは飛び立てる。果てのない空へと飛翔できる。そう思えば、心は否応なく震えるものなのだ。しかし、それからン十年近くが過ぎてみると……。

なんで、あたしだけがこの町に残ってるわけ！　なんで、お母さんもお姉ちゃんも権助（弟の名前です。もちろん仮名）も、政令指定都市の市民なわけ！　この町、映画館もろくな図書館も劇場もないんだよ。デパートも洒落たレストランもクラブもないんだよ。なんで、あたしだけ残ってんのようぅぅぅぅ。

と、一人吼えている現実がある。

そういうものだ。人生の女神は落ちてくる牡丹餅を棚の下で待っているような人間には決して微笑まない。自らの意思と意志で前に進もうとする心意気のない人間には一瞥も与えてはくれないのだ。よく、わかっている。かといって、わたしは今の自分の現状を嘆いているわけではない。焦りもあるし、落胆もするけれど、わたしが生きてきた道を悔いることはあまりないのだ。むろん、満足もしていないけれど。

わたしは子どものころ、美しいものを見た。真冬だった。早朝、学校に通う道すがらふと見上げた山は、びっしりと白い霜に覆われていた。山全部が砂糖菓子に変わったかのように、白かった。そこに朝日があたる。山が煌めく。霜が煌めく。白が煌めく。凍てついた冬山が皓白の炎に包まれる。白く煌めきながら燃えている。

わたしはあのとき、この風景に神が宿っているのだと言われれば素直に頷いただろう。

冬は神の降臨する季節なのだ。

それと同じ風景を数年前にも見た。やはり、凍てついた真冬の朝、わたしの住処を取り巻く山々が白く燃え上がった。わたしは少女のときと同じように足を止め（犬の散歩の途中でした）、息を詰め、目を見開いていた。

信じられないほど美しいものに、ひょいと出会えるたび、田舎暮らしも悪くないかと独り言ちるのだ。多少負け惜しみの気はあるのだが。

お正月

昔から、お正月が苦手だった。

理由は単純で、あまり良い思い出がない……ただそれに尽きる。そう、思い出して楽しいというか、心弾む記憶がことお正月に関しては、あまりないのだ。むろん人並みにお雑煮やお屠蘇で祝いもしたし、お年玉も貰った。初詣でにも行ったし、紅白歌合戦も見た（もちろんテレビで）。数年前に他界した父は厳格な人だったが、きりりとした顔立ちの美丈夫でもあった（わたしが父から受け継いだのは、大きめの口と、伸ばすと変なウェーブの出る癖毛だけです）。その父が藍色の紬などを着て年賀状を読んでいる姿がお正月を迎えるたびにふっと、眼裏に浮かんだりもする。

だから別に元旦に纏わる苦くも辛い思い出があるわけではないのだ。元旦にはない……問題は二日だった。

母の母、わたしにとって祖母となる人は、昔旅館の女将だったそうで、孫のわたしから見てもちょっと艶っぽい老女だった。わたしが物心ついたときには、すでに旅館は廃業し、小さな食堂を営んでいたのだが、店を正月二日から開けるのが慣わしとなっていた。今ではかなり寂れてしまったけれど、ン十年前のわたしの故郷、山間の温泉町はそれなりに賑わっていたのだ。お正月や盂蘭盆は特に人の動く時期で、客商売の書入れ時でもあった。

働き者の祖母は正月二日にはさっさと店を開け、かといって従業員を三が日も済まない内から使うわけにもいかず……当然のように、家族が動員されるはめになる。だから、少女のころのお正月といえば、いつも働いていたという印象があるのだ。皿洗いをしたり、テーブルを拭いたり、一人前とはいかないが〇・七人前ぐらいは働いた。それは、まあ正月や盂蘭盆の日ぐらいのもので、そうそういつも戦力として駆り出されていたわけではない。とはいっても、正月二日である。

当時はみんな、のんびりと正月を楽しんでいた。正月ぐらいしかのんびりできなかったのかもしれないが、新しい年の始めを緩やかな時間の中で迎えていたように思う。仲良しの友達たちも晴れ着などを着せてもらい、長い袂をひらひらさせて歩いていたりする。あるいは、家族で初湯につかったり（なんといっても温泉町なので）、路地の角で羽根突きの音をさせたり、ともかくお正月という特別な日を特別なように過ごしていた。

なのに、わたしは（四つちがいの姉も）普段着で皿洗いなんかをしている。それが、すごく嫌だった。自分が、よく物語に出てくる薄幸の（美）少女になった気分だったのだ。

大人になった今、じっくり思い返せば、祖母は後でお年玉とは別に、わたしの働きに比べ明らかに破格な金額の駄賃を「よう働いてくれたな。あんたがおって助かったわ」と労いの言葉とともに手渡してくれたりした。母は晴れ着をちゃんと用意して初詣でに着せてくれたりもしたのだ。しかし、女の子はいつも薄幸の主人公が好きで、自分を哀れみたい衝動からなかなか脱け出せない。そんなこんなで、わたしは長い間、「お正月＝労働＝かわいそうなわたし」のイメージから脱却できないでいた。我ながら僻みっぽい性質だと呆れてしまう。

物を書き始めて、あのころ、自分を哀れみながら小さな食堂で働いたあの日々がどれほど豊饒なものであったかに気がついた。祖母の店のお客は決して豊かではないが、いや、豊かでないからこそお正月をささやかに楽しもうとする人たちが大半だった。その言葉や雰囲気や情念や仕草が、今のわたしの物語を支えている。十代の少女が濃密に人間を知っていく日々でもあったのだ。祖母の遺してくれた、最高の、何よりの財産だ。

新しい年だ。希望も絶望も綯い交ぜとなってある。

今年もまた、新たな物語を書いていきたいと思う。人と人との濃密な物語を、時折よみがえる祖母の笑顔や物言いとともに、父の眼差しとともに、書いていきたいと切に思う。

霧の中の妄想

冬も真っ盛り。何度も言うけれど、わたしの住処は山間の町なので、空が狭い。しかも、川霧が湧く。日にもよるが、霧はたいていお昼前、午前十一時を過ぎるあたりまで晴れない。川から立ち上る霧は町をすっぽりと覆い、天と地の境を曖昧にしてしまう。車はライトを点け、人々は背を丸めてやや摺り足になって行き交う。それで、四時を過ぎると太陽は山の端に沈もうとするのだから、冬場の日照時間はひどく短い。

洗濯物は乾かないし、底冷えするし、底冷えしたら腰が痛くなるし……と、わたしはこの時季、おばさんモードの不平不満を一日中、ぶつぶつ呟いている。しかし、それは昼間だけのこと。夜ともなれば……。深夜、仕事を終えてふっと窓の外を見やる（一生懸命仕事をしてますと、何気にアピールしてます）。霧が夜の中を流れている。街路灯の明かりがぼんやりと滲んで、淡い光の球となっている。闇と霧は溶け合い、黒でも白でもない濃い灰色の世界を創る。

それは、見知らぬ異界だった。人の世ではないもの、物語に繋がる場所、妖かしの棲む、人の心を解き放つ舞台とも思えた。

わたしは、シャーロック・ホームズのシリーズが大好きな少女だった。その名残は、今もまだ心の中に色濃く存在していて、こういう夜は胸を高鳴らせる。

人影も朧となる霧の中（うちの田舎では、夜も十時を過ぎると、めったに人は通らなくなりますが、狸や狐はけっこううろうろしています。数カ月前のことですが、知人が手洗いに起き、洗面所の窓からひょいと外を覗いたら、でっかい鹿が裏庭にいたそうです。「庭で何しとったんやろ」とわたしが言うと、知人は顔を引きつらせ、「ぎょうさん《たくさん》フンしてたわ。全く、鹿の分際で人様の庭をトイレがわりに使うてからに」と一言、吐き捨てました）、カタカタと石畳を走る馬車の音が聞こえる。霧は地を這い、人々を包み、犯罪と犯罪者を隠蔽する。危険で妖しい世界だ。

ロンドンはベーカー街、かのホームズもきっとこんな霧の風景を見ていたのだと、わたしは勝手に決めつけ、好きでたまらなかった世界をリアルに実感してしまう。極上の幸福ではないか。ふと見上げた隣の家の窓にホームズが佇んでいるような気さえする。

部屋の中、暖炉の薪が勢いよく燃え、ほんのりと暖かい。パイプの紫煙が揺れる。

「吸いすぎだよ、ホームズ」

ワトスンが読んでいた新聞から顔を上げ、僅かに眉を顰める。

「なんだって？　何か言ったかい、ワトスン」

「パイプだよ。朝からずっと吸い続けているじゃないか。身体に良くないと思うが」

「有能な医師としての助言かね」

「きみの身を案ずる友人としての忠告だ」

ホームズは肩を竦め、パイプを手の中に握り込んだ。

「ありがとう、ワトスン。では友人の忠告に従って止めるとしよう。お客が一人、見えたようだしね」

「客が？　どこに？」

「街路灯の下にいる。さっきからずっとさ。ずいぶん、悩んでいるようだが。ふふん、成功した地方の実業家にしては優柔不断だな」

「なんで、そんなことがわかるんだ」

「わかるさ、簡単なことだ」

妄想がどんどん広がり、わたしはすっかりホームズの世界の住人になってしまう。わたしは自他ともに認める〝妄想族〟であり、ために顰蹙をかうことは多々あるのだが、こんな風に一人勝手に妄想を膨らませるのは楽しい。思えば昔からそうだった。ベッドに横たわりながら、道を走りながら、自転車をこぎながら、わたしはわたしだけの様々な世界で生きていた。幼稚で、単純で、豊饒な時間だったと思う。若いお母さんには、学力も体力も大切だけど、妄想力の育成も忘れないでほしいと、小さな声で告げたい。

あの川で

昔、川遊びが大好きだった。だから、夏が大好きだった。わたしが子どもだったころ、学校にはプールなどという洒落たものは存在せず（中学校のときにはありました）、夏、子どもたちは我先にと川に泳ぎに出かけた。

川の名は吉野川。四国三郎との異名をとり、高知から徳島へと流れるあの有名な川とは、全く関係ございません。岡山三大河川の一つ、吉井川の支流の支流である。

今はもう姿を見ることもないが、天然記念物（だと思う）鮎擬きや大山椒魚（特別天然記念物だと思う）が棲息していた。だから、むろん、掛け値なしの清流だったのだ。

河畔には竹が茂り、その下は深い淵になっていた。あつらえたように大岩が水底から迫り出して、わたしたちは自分の勇気を誇示するために、岩のてっぺんから競って飛び込んだ。学校からは、毎年夏休み前に、飛び込み禁止をくどいほど言い渡されてはいたが、気にかけるような殊勝な者は誰一人いなかったような気がする。それは、むろん、岩を蹴った一瞬、空と水面の間に自分がいるというあの不思議な感覚、水中に没した瞬間、現から遮断され無重力の世界に迷い込んだようなあの独特の感覚が、わたしたちにとってかけがえのない愉悦、快楽であったからだ。禁じられれば、よけいに挑みたくなる天邪鬼の心も多少あったかもしれない。それに、「（禁止されているのだから）止めとこうで」なんて口にすれば、男の子なら「なんじゃ、弱えのう」と揶揄され、女の子なら「いい子ぶっとるよな。好かん」と弾かれる危惧があった……それもまた事実だ。いつの世も、子どもというのは、ある意味、大人より残酷で底意地が悪く、保守的ですらあるのだ。そのくせ、大人のような粘度のある欲望も複雑無意味な思考方法ももたず、ただ一心に生きることができる。

　ともかく、わたしたち子どもは様々な想いを抱いて一夏、川と戯れた。昔、あの淵に飛び込んで死んだ女の人がいて、底まで潜って「○○さん」と名前を呼ぶと水中に現れて抱きついてくるといったお決まりの怪談話で盛り上がり、その翌日は淵の水色がいつもより濃く暗く見えたりして震えたこともあったけれど、翌々日には水面の煌めきに心を奪われ、水しぶきをあげて浅瀬を走り、泳ぎ、大岩をよじ登っていた。

吹く風に濡れた肌が冷たいと感じるころ、夏休みも終わる。ＰＴＡ有志の作った見張り小屋（竹を組んで筵をかけただけの、苫屋とも呼べない代物だった。今のプール当番のように保護者が順番に見張りをするシステムがあったらしいのだが、その小屋に人がいた記憶は全くない）も取り払われ、川は平穏な日々を取り戻す。冬には淀瀬は凍りうっすらと雪さえ積もる。春先は雪融けの水を集め、どの季節よりも透明度を増す。秋は紅蓮の紅葉を散らし緩やかに静かに流れていく。

わたしは川が好きだった。わたしの子どもたちも好きだった。息子たちが小学校にあがったころには、すでに川は遊泳禁止となり、学校の運動場の隅にはフェンスで囲まれたプールがでんと設えられていた。流れもなく、淵もなく、大山椒魚も鮎擬きもいないプールを子どもたちはそれなりに楽しんでもいたようだが、やはり川の魅力には逆らえなかったようだ。近所の悪ガキ……友達と一緒になって、どこからか調達してきたトラックタイヤのチューブや古畳（台風の後、川岸に打ち上げられていたのだとか）を舟にみたて、川下りに興じていた。息子曰く「最高におもしろい」遊びは学校側に知れることになり、数日で「絶対禁止」の憂き目となった。その息子たちが社会人となった今、川には子どもの声も姿もない。夏であっても、だ。大岩も淵も竹林も葦の茂った川原も護岸工事で消えた。

川だけが変わらず静かに流れている。

見えてくるもの

わたしのパートナーは歯医者だ。結婚と同時に、この地に歯科医院を開業してからかれこれ三十ン年が経つ。

え？　三十ン年？

自分で書いてみて、びっくりである。そうか、もう三十ン年か。早いなあ。

初々しい新妻だったわたし（これは事実を客観的に申し上げているだけです。数日前、偶然、新妻時代の写真を目にする機会があったのです。いや、自分で言うのもなんですが、実に楚々とした初々しい新妻ぶりでしたわ。ほほ。ダンナが惚れるのも無理ないと思いました。ほほほ。と、悪友に自慢げに語ったら、「初々しいのは三月で消えるけど、あつかましいのは一生もんやからね」と笑われました。ふん、おまえにだけは言われたかねえや）も、はやアラフィフ、初老にさしかかる歳になってしまった。このところ、腰は痛いし、目はかすむし、肩は凝るしと、生きてきた年月の重さときしみを感じることが多くなったのも、宜なるかな、である。

　でも不思議なことに、昔に戻りたいとは思わない。強がりでも、見栄でもなく、若いころに戻りたいと、あまり望まないのだ。つるつるのお肌や、艶やかで豊かな髪や、しなやかな身体への欲求はむろん、人一倍あるけれど、もう一度、二十代や三十代をやり直すのはごめんこうむりたい。十代ももちろん、嫌だ。

　別に、特別な苦労や悲惨があったわけではない。いつの年代も、ばたばたと忙しく過ぎてはいったけれど、それなりに、楽しいことも心満たされたこともいっぱいあった。

　アルバムをめくれば、そのとき、そのときの笑顔や充実や希望に出会うことができるのだ。ちっとも華やかでも、豊かでも、目立ちもしない日々だったけれど、わたしは若く、初々しく（あくまでこだわります！）、夢中で生きていた。その若さも、初々しさも、失われて久しい。もう二度と、わたしが手にできないものだ。でも、やはり、今がいい。

　そう思う。若さや初々しさを失いながら、潜り抜けてきた長い時間。その時間の果てに、ここにいる自分がいいなと思うのだ。

満足しているわけではない。それこそ、客観的に自己を見詰めてみると……。なんとも中途半端だなと、嘆息してしまう。

若くはない。けれど、円熟もしていない。新たな挑戦への情熱は乏しくなったのに、諦念の境地にいたっているとは……お世辞にも言えない。うーん、やはりなんとも、中途半端だ。けれど、その中途半端さが今のわたしだと、ちゃんと受け止める力だけは身についたような気がする。受け止められる自分が好ましいなと思うのである（だからアサノ、それをあつかましいって言うの。by悪友）。

とにもかくにも、わたしは初々しい新妻（しつこい）から、あつかましい初老の女になった。「浅野歯科」も開業三十ン周年を迎える。別に何のイベントもないが。

この三十ン年の間、患者さんからいろんな頂戴物があった。「良い歯を作っていただいて、助かりました」「ちゃんと食事ができるようになって、食べるのが楽しくて」とさも嬉しげな笑顔とともに渡される品は、それが何であっても、こちらの心をくすぐり、喜ばせてくれる……と、思えるようになったのは、少し齢を重ねてからだった。それまでの、わたしの認識でいくと、治療のお礼って、商品券とか高級ウイスキーとか、そういう、ちょっと洒落た品々だったのだ。でも、うちのダンナから「お礼に貰った」と手渡されるものは、でっかい椎茸、つきたての餅、筍、松茸（これは嬉しい）、キャベツにレタスに大根、人参、折り紙の人形、山羊の乳、そして、鹿肉、猪肉の類なのだ。たいてい、新聞紙に無造作に包まれている。最初は唖然としたけれど、今では、患者さんお一人お一人の顔が浮かんできて、妙に楽しい。本心、嬉しいと思える。これも年の功なら、うん、やっぱり歳をとるのも悪くない。

怖い話

螢が飛び始める。

この季節になると、夜の闇がふいに重さと芳しさを帯びるようになる。そう、闇にも重さと匂いがある。闇が一番芳香を放つのは、春の初め。わたしの住む小さな町では、三月の初旬あたりだろうか。

梅が咲くのだ。

桜は日の光が何より似合うけれど、梅は闇と相性がいい。闇の中からあの独特のさらりと甘い匂いが漂ってくると「あっ、梅が咲いているんだ」と心が弾む。そんな花との出会い方がけっこう好きだ。その梅が散り、甘い花の香りではなく新緑の青々とした匂いが鼻腔をくすぐる季節になる。それが一段落すると雨。夏到来の先触れの雨が降り続くようになる。その前後に螢が飛び交い始めるのだ。闇は湿気を含んでぐっと重くなり、土と水の匂いの混ざった初春とは異質の芳香が道行くわたしを包む。

ぽわん。

小さな蛍の光が葉陰や川面すれすれに浮かび、流れる。蛍の場合、飛んでいるというより流れている。闇を流れる虫なのだ。

ぽわん。

　　　　ぽわん。　　　　ぽわん。

　ぽわん。　　　　ぽわん。

　　　　　　ぽわん。　　　　ぽわん。

幾筋もの淡い光が流れていく。じっと見ているとこちらまで、ふわふわと幻夢の中を浮遊している気分になる。白日の時間では決して味わえない浮遊感だ。

こういうとき、ああ夜ってすてきだなと思う。まあ、怖くもあるけれど。

もう何年も前のことになるが、やはり夏の始まろうかという時季だった。

いつものように、ぶらぶらと犬を連れて散歩していたときのこと。余談だが、夏場が近づくと散歩は日が沈んでからと決めている。闇より紫外線が怖いからだ。それでなくても、蔵から出てきた古い地図みたいなシミが目立つのに、もろに太陽光線にあたるなんてとんでもない！　というわけで、その日もとっぷり暮れた山道をわたしは犬を連れて（あるいは犬に連れられて）歩いていた。

雨上がりだったので、靄が出ていた。山の斜面、杉木立の間を白い靄がふわふわと道まで下りている。坂道を上っていたので、靄はそのままわたしと犬の方に滑るように向かってきた。

犬が立ち止まる。坂の上をじっと見詰める。吼えるでなく、唸るでなくただ一心に見詰めている。これは怖かった。歩きなれた山道の果てに何かがいる……わたしは、あつかましいわりに怖がりである。映画も小説も漫画もホラーとつけば、どんな名作であっても受け付けない。妄想癖もある。闇、靄、山間の細道、坂の途中で動かなくなった犬。これだけ駒がそろえば、躊躇いはない。果敢に攻撃あるのみ……じゃなく、逃げるに限る。

足を踏ん張る犬を怒鳴り散らし、引きずり、走り出す（実は数年前の冬にもこの道で人ならぬモノの気配を感じ、逃げ出したことがある。そのときは犬をほっぽらかしてしまった。それがちょっと負い目になっていた。ので、今回は力いっぱい引きずりました）。山道を駆け下り、川土手まで一気に走った、走った、走った。川の反対側は田畑が広がっているが、その向こうには人家が並び、車の行き交う道路もある。やれやれである。

一息つき、ふいの過激な運動に仰天している心臓をなだめるべく、歩速を緩める。「おまえは、ほんとうにトラブルメーカーなんじゃから」と犬にあたり散らしていたら……白い影が見えた。桜の木にもたれ、全く動かない。じっとこちらを見ているような気が……髪の毛が逆立った。

人間、あまりに怖いと精神も肉体も硬直するものらしい。棒立ちしているわたしを犬が見上げる。「なに、してるんですかぁ〜?」みたいな顔をしている。その横を数人の子どもが走りぬけた。蛍を見に来たらしい。子どもたちは笑いながら白い影に近づき、そのまま通り過ぎていった。

結論からいうと、案山子だった。誰かが案山子を土手に放り出していたのだ。あほらしいことである。しかし、あの恐怖は本物だった。夏の夜がくれた恐怖。一生、覚えている恐怖だ。

髪を切る

この前、髪を切った。

なにしろ伸び放題に伸びて、ろくに手入れもしないものだから、乙女というより（誰が乙女だって？）、落ち武者を髣髴とさせるヘアスタイルになってしまった。背中に折れ矢を突き立てて「殿、無念でござる」との科白、そんなものが似合うようでは乙女とはいえない（だから、誰が乙女なの！）。

上京したついでに、意を決して美容院に足を踏み入れた。

足を踏み入れたとは、密林を舞台にした冒険譚の出だしのようだが、そのお店には観葉植物が所狭しと並んでいて、それが壁にかかった鏡に映り、ちょっとしたジャングル気分を味わえる場所だった。

鏡の横にはご丁寧に赤と萌黄の羽色をした鸚鵡がちょこんと止まっている。むろん、作り物、原寸大の木製の置物だ（ジャングルにいる鸚鵡の原寸とか、よく知らないけれど）。

あれはデコイというのだろうか。でも、デコイって狩猟でおとり用に使う模型のことだったと思う。あれがデコイだとしたら、鸚鵡が何かに対してのおとりになるわけで、だとしたら、熱帯のジャングルには鸚鵡を襲う怪鳥とかいるのかしら。だとしたら怪鳥を狙う人間がいるわけで、だとしたら怪鳥より人間の方がずっと恐ろしいわけで、だとしたら……などと、止め処なくずるずるとどうでもいいことを考えていたら、きれいな薔薇色のイスに座らされ、わたしより三十歳は若くて、十センチは背が高くて、五センチはウエストの細い女性が微笑みながら、

「担当させていただきます、スタイリストの○○でございます」

と、挨拶してくれた。仰天である。

なんで？　ここ美容院じゃないの？　スタイリストって女優さんの衣装とか決める人じゃないの？　美容院にいるのは美容師さんじゃないの？　わたしの混乱をよそに、○○さんはさらににこやかに問うてくる。

「どのように、なさいますか？　ご希望のスタイルとかあります？」

「あっ、ありません」

「イメージを変えたいとかありますか。それとも雰囲気は変えない方がいいでしょうか」

変化という言葉に、わたしは弱い。マタタビを嗅いだ猫みたいにぐでんぐでんになってしまう。変化はしたい。今とちがう自分になりたい。そういう希求はいつもある。努力しないで変われるなら願ってもないこと。たとえそれが表面的なものにすぎなくても、変化は変化。変わらないよりいいじゃない。なんて思ってしまう。

「変えてください」

「では、切りましょうか」

「切ったら雰囲気、変わりますか」

「そりゃあもう。全然、ちがってきます。それに若返りますしね」

「ばっさりやってください」

そんな会話の末に、わたしは十センチほど髪を短くした。

若くはならなかったが、なるほど雰囲気は変わった。それまでの重苦しさがなくなったのだ。大満足である。

鏡に映った自分に笑いかけてみたとき、ふっと少女の泣き顔が浮かんだ。

もう何年も前だ。わたしの住む町にある中学校は当時まだ、男子は丸坊主、女子は髪が肩に触れてはいけないという実に前近代的な校則が残っていて、新入生たちはみな、髪を「ばっさり」と短くしなければならなかった（さすがに今は改正されている）。

　わたしの行きつけの美容院の二つしかないイスの一つに座り（もう一つには、わたしが座っていた）、少女はさめざめと泣いていた。自慢の長い髪を切らねばならないからだ。「かわいそうになあ。高校生になったら、また伸ばしたらええがよ」。美容師さん（決してスタイリストなどではない）が慰める。少女は泣き続ける。子どもとは辛いものだ。大人の決めた理不尽な枠の中で生きねばならない。

　理不尽に子どもを泣かす大人であってはいけない。軽くなった髪に手をやり、遠い昔の少女を思った。

三年ぶりの　その一

今、達成感と充足感に満たされている。とても濃密な心地よい、そして爽やかで清々しい感覚だ。こんな気持ち、何年ぶりだろう。

何年ぶり……うん、三年ぶりだ。ああ心地よい、ああ爽やかだ、ああ清々しい、ああ満足だ。自分で自分を称賛したい。

よくやったぞ、アサノ。よくやった。偉い、偉い（盛大な拍手）。

ありがとうございます。これもひとえにみなさまのご声援、ご指導の賜物です。ほんとうに、ありがとうございます（両手握手とお辞儀）。

いや別に、わたしは選挙に立候補して見事、当選したわけではない。いくらわたしが調子乗りでも、政治屋を志すほど愚かでも、狡猾でも、腹黒くもない。

腹黒いといえば、もうずいぶん昔になるが、東京に向かう新幹線の中で、愛らしくかつ人懐っこい少女に出会ったことがある。通路を挟んでだが、席が並んでいたのだ。少女はまだ就学前、五歳ぐらいに見えた。パンダのヌイグルミをしっかり抱きしめて、にこにこしている。隣には母親らしい清楚な女性が座っていた。二人の会話から察するに（聞き耳をたてていたわけではない。楽しげな弾む会話につい耳をそばだてて……あれ、やっぱり聞き耳をたててたんだ）、広島から東京に向かうところで、東京駅につけば父親が迎えに来ているらしい。明日は親子で上野動物園にパンダを見に行く予定だとか。基本的にわたしは無愛想で嫉妬深い人間だ。相手がきらきらの美少年ならいざしらず、幼女と母親の二人組みなんて、全く興味ない。しかも、いかにも幸せそうな母娘なんて、「けっ」という感じである。けっ。

　で、わたしは、読んでいた雑誌に集中していた。ところが、わたしの隣に座っていた友人は無類の子ども好きで、わたしを押しのけるようにして、少女と話を始めた。

「東京に行くの？」「うん。パパが待ってるの」「ほんと、いいねえ。パパとママとで動物園に行くの？」「うん、あのね、パンダさん見に行くの。かわいいんだよ」

「そうだね。パンダさん、かわいいねえ」

　けっ、何がかわいいねえだ。パンダってのは体重が百キロ以上あるんだぞ。けっこう凶暴なんだぞ。爪とかすごいんだぞ。と、わたしは胸の内で毒づく。

「おばちゃんもパンダさん大好き」なんて相好を崩している友人にも、やはり胸の内で、あんたこの前、パンダの肉って美味しいんかなあなんて言うてたが。と、岡山弁で悪態をついていた。母親以外に話し相手ができた少女は、頬を赤らめて自分の喜びを素直に語る。

「あのね、あのね、パンダってお腹のところが白いんだよ。けど、お目々のまわりとか足は黒いの」なんて、一生懸命だ。雑誌から顔を上げたわたしにまで、笑いかける。

うーん、可愛い。大人に微笑みかけられるとろくなことがないが、子どもの笑みは無垢って感じで、悪い気はしない。わたしは、無愛想で嫉妬深いがサービス精神も備えている。こんな笑顔に対しては、何かサービスしなければならない。座席から身をのりだし、少女に向かって微笑みを返す。優しく微笑んだはずなのに、少女の表情が固くなる。後で友人曰く、少女が怯えるほどの不気味な笑みだったそうだ。無礼な話である。

「そうだよね、パンダのお腹は白いよね」

微笑んだまま、わたしは友人を指さした。

「このおばちゃんのお腹は黒いんだよ。腹黒いんだよ。お腹の中が真っ黒々なんだよ。大人には気をつけようね」

わたしとしてはジョークとアドバイスを絶妙にブレンドした金言のつもりが、少女は首を傾げ、母親は顔を歪め、友人はわたしの後ろ頭を思いっきり叩いた。これだけのエピソードだ。腹黒いから、つい思い出してしまった。脱線、脱線。で、本題ですが……あら、紙数が尽きたわ。では、三年ぶりの○○については、次で。

三年ぶりの　その二

前回の続きから始める。確か、パンダの話だったはずだ。え？　ちがう？　ああ、腹黒い友人に関しての……ちがいます。〇〇です。三年ぶりの〇〇について、わたしは語らねばならない。何しろ、前回から引っ張っているのだから。

しかし、まあ、その……ここまできて言うのもなんだけれど、別段、引っ張るほどのテーマではなくて、あの、ですから、ごめんなさい。根っからの小心者としてはまず先に謝っておくことにしよう。先手必勝である（いささか使い方が間違っているような気もするが）。

で、三年ぶりにわたしが何をしたかというと、大掃除である。お・お・そ・う・じ。そうです。世間一般では、十二月、お正月の前にやるあれです。わたしも一応、主婦の端くれ。年末に大掃除ぐらいはするぞ！　と、十一月には決意を新たにし、また、固くもする。

　十二月半ばまでには、とりあえず仕事のかたをつけ、家中の大掃除にとりかかる。あっちもこっちも磨いて、拭いて、洗って、整理して、すっきりぴかぴかにする。そして、年が明けるとすっきりぴかぴかになった書斎（すいません。見栄を張ってます。台所の片隅に机と本棚を置いているだけです）で、仕事にとりかかるのだ。資料も整理され、引っ掻き回さなくてもすぐに取り出せる。埃もなく、締め切りの予定もきちんと書き出してある。仕事ははかどり、はかどり、はかどり、あれほど手こずっていた作品を魔法のようにすらすらと書き上げていく。

　なんという充実感、なんという達成感だろう。生きていてよかったとしみじみ思う。これで、もうちょっと売れてくれればなんて、贅沢は望まない。わたしは、奥ゆかしい、分を弁えた人間なのだ。ふふふ。わたしは、今の境遇にも待遇にも満足しつつ、微笑む。一点の汚れもない窓ガラスにわたしの微笑みが映る。

　という妄想を毎年、抱いている。が、しかし、ここ数年、十二月であろうと、師が走ろうと、クリスマスケーキ五〇パーセントオフのお知らせがケーキ屋さんの店先に貼り出されようと、仕事は一向に終わらず、大掃除どころかゴミ捨てもできぬまま、除夜の鐘を聞いているというのが、わたしの現実である。貯金通帳の残高は少なくなっても、挨やゴミは減らない。どんどん増えていく。

「まあ、埃では死なないからね」と心優しい友人（わたしにも、数は少ないがまともな友人がいるのです）が、慰めてくれるが、このままなら、埃のために窒息死しかねない状況となった今夏、わたしはついに一大決意をしたのだった。今すぐ、大掃除に着手しよう。

大掃除を十二月にする必要はない。世間の常識や道徳に囚われていて、物書きといえるか！

興奮体質のわたしは、自分の壮絶な決意に感動し、友人たちに電話をかけまくった。

「△△、わたしは、やるで。大掃除、ついに決行することにしたで」

「やれば」
△△は気のない、いかにも面倒くさげな声を出す。因みに△△は、悪友中の悪友である。
「アサノ家の大掃除が、うちに何の関係があるんよ」

「手伝ってやろうとか、思わんわけ」

「思わん。日当出るなら行くけどな。時給千二百円で、ええよ。□□も〇〇も行くんとちがう？　あ、もち、昼ご飯はつけてな」

携帯電話を床に叩きつけそうになる。こんなやつらに縋ろうとした己を恥じる。

かくして、夏の盛りの大掃除に、わたしは一人で敢然と挑むことにしたのである。わたしは奥ゆかしいだけでなく、愛と勇気だけが友達な人なのだ。まずは形からと、近所のスーパーに大掃除グッズを買いに行く。ゴム手袋、洗剤各種、タワシ、モップ。新型インフルエンザの影響でまだマスクが品薄なのが残念だが、好物の粒餡柏餅が五十円引きで買えたのは幸運だった。準備も調い、いよいよ出陣……というとき、突然のアクシデントに見舞われた。あれ？　また、紙数が。

三年ぶりの　その三

ああ、大掃除というテーマ（？）一つで、三回分も引っ張れるなんて、わたしは天才かもしれないと、自分に自分で惚れ惚れ……している場合ではなかった。いくら三年に一度の大イベントとはいえ、たかだか掃除である。「いいかげんにしてください」という担当編集者の苦りきった顔が見えるし、「いいかげんにしてほしい」という読者諸氏の声が聞こえる。しかも、前回までやっと、「大掃除にとりかかるぞ、その準備編」まで書いたにすぎない。このままの調子でいくと、大掃除大河エッセイとなるかもしれない。となると、今までの日本文学史に新たなジャンルを築くことにもなり、わたしは大掃除エッセイストとして名を残すだろう。仕事の依頼は引きも切らず、講演依頼も同じくで、本はばかばか売れ、洗剤や掃除機のコマーシャルにも起用され、ＤＶＤも出して、これまたばかばかと……すいません。書いてて自分でもあほらしくなりました。ま、夢は夢、妄想は妄想ということで。

ともかく、ともかく、わたしは大掃除にとりかかった。まずは、一番汚いわたしの衣裳部屋からと思い、戦闘に突入した。衣裳部屋といえば聞こえはいいが、四畳半一間にわたしの嫁入り道具だった、やたら古くてでっかい箪笥と、長男の誕生祝いに貰ったベビーダンスが置いてあるだけの部屋だ。わたしは、季節ごとに衣服を入れ替えるような細やかな神経を持ち合わせていないので、この部屋はいつも夏物の半袖ブラウスやらタンクトップやらと冬用のコートやセーターが交ざりあいながら積み重なっている。しかも、好き勝手に放り込んだ資料の束とかゲラが山となり、埃を被っているのだ。相手にとって不足はない。掃除し甲斐があるってもんさ。

武者震い。わたしは果敢に挑んでいく。人跡未踏の荒野に立ち向かう開拓者の心境だ。

まず、衣服の山を崩し、要るものと不要なものとの分別から始める。突然のアクシデントはそのとき起こった。

ベビーダンスの奥から、子どもたちのアルバムが出てきたのだ。わたしの臨月の写真に始まって、嬰児の寝顔、宮参り、お食い初め、一歳の誕生日、保育園の入園式、遠足、運動会……三人の子の幼い姿と、わたしの若い母親としての年月が、それぞれのアルバムにしっかりと閉じ込められていた。

おや、まぁ、懐かしい。

ああ、そうだった。この服、覚えてる。

まぁ、わたしも若かったんだなあ。

様々な想いが胸に去来する。幼い子は愛しい。母であるわたしに縋り、わたしを求め、必死に生きていた愛しい幼子たち。遥か彼方に過ぎ去った時間がせつないほど、心に迫ってくる。

子育て真っ最中の、ただ騒々しく目まぐるしいだけに感じられた日々が、早く楽になりたい、自分の時間がほしいと念じ続けた年月が、ふいに鮮やかによみがえってくる。ああ、とても豊潤なかけがえのない時間だったんだなあと、わたしはため息をつく。

過ぎ去って初めて、二度と取り戻せないと気がつくものがある。子どもたちは、いろいろ問題はあれ、ひとまず成長し、二十代を生きている。わたしは母親の役目を半ば終え、安堵と欠落を抱きながらぼんやりとアルバムをめくっている。人生って、こんな風に流れていくものなのかしら。ああ、人が生きるって……。

「お母さん、何しとるんで」。

結婚を間近にして、一時帰宅している娘の声。

「は？　あ、いや、大掃除しようかと思うて」

「大掃除？　けど、もう三時やけど。ちっとも片付いてないが」

「は？　三時って、午後の？」。

おそるおそる時計に目をやり、わたしは悲鳴をあげた。

「ぎえぇぇぇぇ、ほんまに三時やが。なんにもしてないのに三時やが」。

娘は冷めた一瞥を母親に向け、ため息をついた。これから大掃除を志す方々、
まずはアルバムを片付けてからとりかかってください。

季節の狭間(はざま)で

今、庭で虫が鳴いている。リーリィイイ、リーリィイイと鳴いている。「イイ」の部分には微妙(びみょう)にビブラートがかかっている。

夜ではない。九月の昼下がり、午後三時を数分回ったころだ。わたしの住処(すみか)は、中国山地の近くにあり(麓(ふもと)というほど近くはありません)、山に囲まれているというより、山と山との隙間(すきま)にへばりついているようなしょぼい町(他の住民のみなさま、ごめんなさい)だから、ヒートアイランドと化す大都会に比べればかなり涼(すず)しい。九月も半ばになれば、朝、夕はめっきり涼やか……を通り越して肌寒くなってしまう。

夏の間中、喧(やかま)しかった蛙(かえる)に代わり、虫たちが思い思い、好き勝手に鳴き交(か)わす。

「さあ、やっとおれたちの出番だぜ。今年もいっちょう、景気良くやろうじゃねえか」

と、嬉々としているみたいだ。

それでも、夏があっさりと過ぎ去ったわけではなく、ふられた恋人を諦めきれずうろつき回る男よろしく（あまりに、非文学的な喩えで申し訳ありません）、行きつ戻りつを繰り返す。夏って、猛々しいわりに女々しい季節なのだ。去るなら去れ。居座るなら度胸を決めろ。そうどやしつけたくなる。もっとも、居座られたりしたら大問題になるけれど。

何が言いたいかというと、つまり、今日は暑いのです。昨日も一昨日もその前も秋だった。明確に秋だった。

風は涼しく、空は澄んで、鮮やかに青かった。田んぼの稲穂は実り、頭を垂れ、あちこちで稲刈りが始まっていた。夕方、犬の散歩に山道を歩けば、空気はしんと冷たく、半袖から覗いた腕に鳥肌がたつ。光は赤く、雑木林は微かにではあるが色を変えようとしていた。あれほど、濃く旺盛だった緑が褪せようとしている。軒下の燕の巣が空になってから久しい。その燕たちが昨日は十数羽、大地と空の間を飛び交っていた。まもなく、南の国へと旅立つのだろう。

夏が逝こうとしている……はずなのに、今日は暑い。全くの夏です。仕事机に向かいながら、汗をだらだら流している（まあ、締め切りの赤丸がついたカレンダーを横目に、脂汗(あぶらあせ)が滲(にじ)んでいるという説もありますが）。

まったく、夏ってやつは女々しいだけじゃなく節操(せっそう)がないのか。踏(ふ)ん切りが悪すぎるぞ。潔(いさぎよ)く秋と交代しろ。思いつく限りの悪態(あくたい)を心の中でつきながら、原稿を書き、ふっと気がつくと……陽(ひ)が翳(かげ)っていた。

庭はすっぽりと陰になり、草がぼうぼうと生(は)えたあたりには夜陰(やいん)の端(はし)さえ感じられる。隣家(りんか)の二階を照らしている光も、窓ガラスをぎらつかせる力は残っていないようだ。

そうか、やはり夏は逝ったのか。

子どものころ、夏が去っていくことが辛(つら)くてたまらなかった。夏休みが終わってしまう口惜(くちお)しさもむろんあったのだけれど、それだけではなかったと思う。

わたしは多分、夏とともに逝ってしまう命の気配(けはい)を感じていたのだろう。蟷螂(かまきり)、蟬(せみ)、蜻蛉(とんぼ)……虫たちの亡骸(なきがら)が道端にそっと横たわっている。稲は刈り取られ、田んぼはがらんと広い地となる。畦道(あぜみち)に、蛇(へび)が死んでいる。

夏、あれほど勢いよく地に満ち、空に満ちていた命の匂(にお)いが少しずつ少しずつ、衰(おとろ)え、消えようとしているのだ。

少女のわたしは、いや、わたしだけでなく、子どもはみんな、その喪失を感じていた。言葉にはできなくても、ちゃんと知っていたのだ。命は繋（つな）がりはするけれど、再生はしない。この夏出会った無数の命に、わたしはもう二度とめぐり合うことはないのだ。この夏に二度とめぐり合えないように。

茜（あかね）に染まる夕焼け空に向かうたび、喪失が苦しかった。あの感覚、あの感情をわたしが失ってから久しい。いいのかな、それで……。季節の狭間（はざま）に大人のわたしはため息をつき、束（つか）の間（ま）、目を閉じる。

激動の一年

はい、いよいよ十二月です。一年、あっという間ですね。今年は、まさに激動の一年でした……などと、振り返るのは、いささか早すぎる気もしますが、ほんと、騒がしい一年でしたね。

わが故郷、美作(みまさか)は七月に竜巻(たつまき)に襲われました。わが家から数キロ南に外(はず)れた地区だったのですが、ものすごい破壊力だったとか。何しろ二階家の半分がもぎとられるのですから。被害に遭(あ)ったお家(うち)の方は、いまだに空が暗くなると身体(からだ)が震(ふる)えて止まらなくなるとおっしゃっていました。

その記憶も生々しい八月。観測史上初ともいわれる豪雨にみまわれ、土砂崩れで一人の命が失われました。わが故郷は映画館ない、図書館ない、デパートないのないない尽くしの田舎町(いなかまち)ですが、自然災害もない、空気の美味(おい)しさ(四方が山なので当たり前ですが）と住み易さだけは自慢できたのに……。

峠を越えた、隣町、兵庫県佐用町など惨たんたる有様です。

こんなこと、あるのですねえ。

よくいわれることですが、自然が牙をむいたときの恐ろしさは人間の想像を遥かに超えたものがあります。そのほんの一端を、この夏、垣間見た気がしました。

それでも、冬近くなり、空が一枚の青い板ガラスのように静かに光を放ち、近くの川に飛来した雁の群れが優雅に泳ぎ、葉を散らした木々の枝が空を抱くように伸びている……そんな様を見ていると、心がゆるゆるとほぐれていくような気がします。

わたしは自分で言うのもなんですが、繊細で気弱で、他人に対して細やかな心遣いをついしてしまうような人間なものですから（え？　クレーム？　なんで？　なになに、繊細な人間は自分を繊細なんて言わない？　知るかよ）、どうしても、心が疲れ、硬直してしまいます。ゴリゴリに凝ってしまうわけです。そういうとき、ふらりふらりと特別なあてもなく歩きながら、冷たく輝く青空や、賑やかな雁の群れや（決して、美味しそうだわ、鍋にしちゃいたいなんて考えません）、裸の木々に目をやり、ときに立ち止まり、深呼吸なんかしていると、凝りが緩んでくるのです。

この前は、枯れかけたコスモスの花の中に金色の美しい蜘蛛を見つけました。川面を滑空するカワセミを見つけました。木々の間を走り去る若い鹿の姿を見つけました。

そのたびに、凝りが少し楽になります。他人を羨んだり、妬んだり、嘲笑ったりするのは凝った心の為せる業。わたしはそう思っています。だから、日々、少しでも凝りをほぐし、柔らかに生きていきたいですよね。むろん、怒るべきときには、きちんと怒りたいとも思います。総選挙で与党がぶっ壊れたのも、国民の怒りのエネルギーが渦巻いたからでしょう。すごいものです。

怒濤の一年が過ぎれば、どんな新たな一年が待っているのでしょうか。性根を入れて見据えていきたいものです。

さて、年末といえばやはり、大掃除ですね。今年は夏に一度やったのですが……ええ、やりましたとも。何だかんだと申し上げましたが、大掃除やりましたよ。やりとげて、たいそう清々しい気持ちになったものです。

まっ、大掃除と銘打ちましたが、結局、自分の部屋だけきれいにして、あとは知らんぷりしちゃいましたが。ふんふん。しかも、部屋にあった捨てたいけど捨てるには惜しい、ゴミに近いけどゴミじゃない（記念品の文鎮とか、お気に入り&高値だけどサイズの合わなくなったブランドのスカートとか、です）品々をまとめて他の部屋に移したままの知らんぷり。家族から大ブーイングの嵐が起こりました。ほんと、寛容度の低いやつらです（え？　当たり前？　そうかなあ）。それで、しかたなく今月は、アサノ家大掃除重点月間といたしました。まずは、やはりキッチンからです。あら、もう紙数がありません。どうして、大掃除の話をしようとすると紙数が尽きるのかしら。不思議。

再びのお正月

なんと、もう新年号の原稿を書いています。信じられません。この前、必死になっておせち料理を作ったばかりなのに……。アサノ家のおせちはなかなかに豪華です。あまり言うと自慢に聞こえるから、あまり言いません。ちょっとだけ言います。自慢じゃありませんよ。決して自慢じゃありません。わたしは自慢しいが嫌いです。鼻をつんつん高くして、自分を誇るなんて嫌らしいなあなんて、思います。誇りとは己が己に語るもの。他人に曝すものじゃありません。

ほんとうの誇り高い人って決して自慢話なんかしないものです。だって自慢話をしていると鼻がつんつんだけでなく、目線も上からになっちゃうでしょ。他人を見下してものを言うようになっちゃうんです。目線は低く志は高くが一番すてきだなとわたしは思うのです。自分で言うのもなんですが、わたしはわりに腰が低く、謙虚で、礼儀を弁え、決して驕りたかぶらず、かつ高尚な志と向上心を溢れるほどもった人間です。まあ、こう羅列すると、ほれぼれするほどりっぱな人間ではありませんか。まさに人格者とは、わたしのような者のためにある言葉なんですね。ほんと、ほれぼれ。

「アサノ、アサノ」

悪友Aが袖を引っ張ります。

「あんた、何をぼけっとしとるんで。また、しょうもない妄想に浸ってから」

悪友Aはここで、わざとらしいため息をつきます。

「あんたは、ほんま使えん人じゃなあ。怠け者で面倒くさがりで調子のりで。そのくせ、見栄だけはやたら張るし態度でかいし」

ここで悪友Bが口を挟んできました。

「ほんまやで。アサノ、お正月三が日ぐらいは心を入れ替えて、ええ人間になりんさい」

ばかやろう。人格者のアサノさまに対してなんて言い草だ。てめえらこそ恥を知れ。と、啖呵の一発もぶちまけたいところですが、ぐっと堪えます。なにしろ、悪友連中は集まっておせち料理の共同製作中。わたしも参加しましたが、まぁその……作るより味見の方が性(しょう)に合っているみたいで……、ともかく、わたしとしてはここでおせちの何品かを調達しなければ自分で作るはめになりますから、どのように誘(そし)られようと苛(いじ)められようと、じっと我慢(がまん)して耐(た)えるしかありません。

まあ悪友にしてみれば、自分たちの傍(そば)にわたしのような人格者であり美人であり教養人である、ある意味完璧(かんぺき)な女性がいることはとても迷惑(めいわく)なことなのかもしれません。家庭でダンナさんたちから、「せめてアサノさんの半分でも品良くなれ」とか「アサノさんの優雅さを見習え」とか「アサノさんの爪(つめ)の垢(あか)でも煎(せん)じて飲め」とか、言われているのかも。まあ気の毒。そりゃあ嫌味(いやみ)の一つも言いたくなるわいな。一人頷(うなず)くわたしを横目に見て、悪友Aが再びため息。

「あんた、また自分に都合のええ妄想中やな。そんな暇(ひま)があったら、ほら、そこのゴミ捨ててきて」「えーっ、ゴミ捨てなんか嫌じゃ」「あんたゴミ捨てぐらいしか使えんじゃろ」

わたしは、しぶしぶゴミの詰まった袋を集積所まで運びます。人格者の人生って〝銀杏寝具(ぎんなんしんぐ)〟じゃなく〝艱難辛苦(かんなんしんく)〟に満ちているものです。

何の話でしたっけ?

おせちです。まぁいろいろあって、今年も豪華なおせちが出来上がりました。

　実家から強奪してきた煮豆と数の子と、悪友宅から強奪してきた煮しめと栗きんとんと出汁巻き玉子と牛肉のそぼろ煮と、ダンナの生家から強奪してきた酢牛蒡と鰤の照り焼きです。これに、わたし手ずから紅白の蒲鉾を切り並べました。ついでに、わたし手ずから赤貝の缶詰を開け盛り付けました。

　りっぱなものです。おせち料理の善し悪しとは、あちこちからどれほど品数を集めるか、強奪してくるかにかかっているのです。みなさんも、頑張ってください。しかし、去年（二〇〇九年）の暮れに嫁に行った娘が、嫁ぐ前に「お母さん、おせち料理の作り方、教えて。うち、ちゃんと覚えていくけん」と真顔で言ったときには胆が冷えました。後ればせながら今年は悪友に頭を下げて、おせち料理の特訓を受けるつもりです。

ささやかな謎

　別に自慢するほどのことではないのですが、わたしの日常は実に平穏、平々凡々としています。まるで波風立たず、ドラマチックな展開（たとえば海賊にさらわれそうになったとき、美貌の王子が現れ救ってくれたうえに、「ぜひ、我が后に」とプロポーズされるとか、実はわたしには大金持ちの伯父がいて、突然巨額な遺産が転がり込むとか）とは無縁、波瀾万丈関係なしというわけです。

　年末になると、わたしなりに〝今年のアサノ的十大ニュース〟なんてのを考えてみるのですが、たいてい、ナンバー5ぐらいまでしか浮かんでこないのです。それも、「買って三年しか経っていない自転車を盗まれた」だの「庭の桜の木に毛虫が大量発生した」だの「娘の彼氏は実は極め付きの釣りバカだったことが判明した」だの、まぁ、他人さまからすればどうでもいいようなセレクトになってしまいます。しかも、毎年。我ながら、この凡々ぶりはどうなのと、呆れてしまうのですが、そんな日々にも時折、「あれ？」と首を傾げるような不思議、どうしても解けない謎（わたしの頭では、という意味ですが）などに遭遇することがあります。この前もそうでした。

それは、とても寒い朝のこと……おそらく最低気温は零度近かったのではないでしょうか。温暖なイメージが強い岡山ですが、わたしの住む町は県の北東部に位置する山峡の地。寒いんです。凍てるんです。真冬ともなると霜で真っ白、白になるんです。そういう朝って布団から出るのって至難じゃありません？　かなりの克己心が必要です。これまた自慢じゃありませんが、わたしは克己心などまるで持ち合わせていない人間で、長いものには巻かれ、流されるままに生きるをモットーとしております。しかも、温かなお布団大好き人間でもあります。

それやこれやで、さしもの長い冬の夜もとっくに明けたという時刻になってもぬくぬく布団に包まっていました。そのとき飼い猫のアル（本名、アルマーニ・アサノ）が庭でフニャアフニャアとうるさく鳴くのです。アサノ家のペットは全うな主人には似つかわしくなく、かなり変てこで、犬は炬燵に潜りこんで四六時中寝ているのに、猫は元気に外を駆け回っているわけです。

そのアルがあまりにうるさいのでわたしはしぶしぶ布団から這い出し、ガラス戸を開けてやりました（わたしはダンナには厳しいのですが、猫には優しいのです。もっともうちのダンナは朝っぱらからガラス戸の外で鳴いたりしませんが）。そして、窓を開けたとたん「ぐえっ」と叫んでいました。「きゃあ」とか「あれぇ」じゃなく「ぐえっ」です。それほどびっくりしたのです（ものすごく驚くと「ぐえっ」と叫んじゃうんです、わたし）。

アルの足元には小さな蛇が横たわっていました。完全にシンデイル蛇です。これが八月とか九月ならわかります。蛇なんて、うじゃうじゃいますから。しかし、今は二月。冬のど真ん中、一年で一番寒い時季です。それなのに蛇？　冬眠していたところを悪戯猫によって引きずり出されたのでしょうか。でも、動いているならまだしも、ぴくりともしない蛇を狩ってくるとはどうしても思えないのです。

その蛇は、長さ十五センチぐらい、子どもの小指にも満たない細さでした。種類はよくわかりません。紅い斑紋が点々と散った、ちょっと見不気味なやつでした。一度狩った獲物には興味が失せるのか、アルは室内に入ると温かな布団の上で毛づくろいなどを始めました。わたしはぶつぶつ文句を言いながら着替え、それでも哀れな蛇を埋葬してやろうと庭に出ました。謎はここからです。そう、蛇はいなかったのです。僅（わず）か二、三分の間に消え失せていました。アルではありません。彼（雄（おす））は、せっせと毛づくろいを続けていました。何より戸はぴったり閉まっていたのです。真冬の蛇はどこに消えたのか？　いまだに謎です。ささやかだけれど、どうにも不可思議な事件でした。

そう考えてみると、わたしたちの日常って案外、謎や不思議に満ちているものなのかもしれません。

ほんのり温かな時間

　十二月に長女が結婚し、年が明けて三月に長男が、結婚します。めでたいことです。花嫁の母として涙ぐむにしても、花婿の母として微笑むにしても、婚儀の場というものは実によいものだというのが実感でした。年齢相応なのでしょうが、このところ、逝く人を見送ることが多かっただけに、若い人たちの「これから」を祝うための集いは清々として楽しく、実に愉快な時間でした。しかし、まぁ花嫁&花婿の母としての結論から言うと、結婚式というのは……。

　どたばたです。

　昔とちがって、現代の結婚は家同士の関係ではなく、本人たちの結びつきによって成り立つものとなりました（むろん、まだまだ家柄だの釣り合いだの家の格だのを結婚の第一義だと考える人も、考えねばならない人たちもたくさんいるのでしょうが、我々、庶民レベルでは結婚に対する認識はずいぶんと変化し、更新されてきたように思えます)。

というわけで、親がしゃしゃり出るときはほとんどなく、式場選びから始まって、招待客のリスト作成から料理の選択、引き出物や式の演出、進行にいたるまで本人たちが選び、交渉し、決定しました。

いくら時代とはいえ、何もしないのも親としてどうかと自問自答した後、わたしは「何か手伝うことある？」と尋ねてみました。すると、我が愛娘は、「式場の請求書、回してもええかな」とほざき、我が愛息は、「ご祝儀、〇〇円ほど包んでくれると嬉しいけど」と法外な金額をふっかけてくるではありませんか。おお、あんなに幼かったのに、いつの間にか、りっぱに経済観念の発達した大人になったものだわと、わたしは内心、自分の子育てに満足を覚え……るわけもなく、大いにむくれたものです。むくれたついでに、「式当日はわたしもウェディングドレスを着るぞ」とか「季節柄、料理は鍋にすべきじゃないか」とか、露骨ないちゃもんをつけ顰蹙をかったりしました。

そんなすったもんだのすえに、結婚式当日を迎え、さすがにわたしは、ウェディングドレスを諦め、留袖なんぞをおとなしく着ることにしました。美容室で着付けてもらい、「あら、留袖もなかなかに色っぽいじゃない。わたしってば何を着ても似合う女ねえ。本人が言うんだから（本人しか言わない）間違いないわ」と一人悦に入っていたまではよかったのですが、式までに時間があるのをいいことに、前日コンビニで買い込んでいたお菓子やバナナをぱくつき、のんびりお茶など飲んでいたら、ふいに気分が悪くなり、これはやばいとトイレに行こうとしたら蹴躓いて転び、したたかに膝を打ち、その痛さに気分の悪さも忘れ呻いていたら、すでに親族紹介の時間が迫っているとの連絡が入り、原稿の締め切りを守らないのは許されても（許されるのでしょうか？）、ここでの遅刻は許されないと足を引きずり駆けつければ、我がダンナの姿がどこにもない。

どうしよう、どうしようと慌てふためきながら相手方にひたすら頭を下げるわたし。この時点ですでに汗だくです。時間を過ぎること約五分、やっとダンナが登場。目を文字通り三角にして怒るわたしにダンナが語ったところによると、モーニングの着付けできつくネクタイを締められたのが原因で悪心を覚え、束の間、意識が朦朧となったとか。アサノ家、夫婦そろって大失態となりました。その他にも、披露宴で娘のドレスの裾は踏んづけるし、お辞儀したはずみにテーブルに額を打ち付けるし、記念写真のときに危うくVサインをしそうになるし、いやはや、てんやわんや、しっちゃかめっちゃかな一日でした。あぁ疲れた。疲れた。

しかし、やはり結婚式というのはいいものだと思うのです。「おめでとう」「幸せに」の言葉と、感激の涙が溢（あふ）れる時間と場所はほんのり温（あたた）かで美しいのです。これから二人で生きていく若い人たちの未来もまた、この温（ぬく）もりと美しさに包まれていてほしいと切（せつ）に願います。それにしても、ほんと、どたばただったなあ……。

目の前で

今さらお正月の話題を持ち出すのもなんですが、今年（二〇一〇年）の元旦は「とほほ」な目に遭いました。ええ、遭いましたとも。この話をみなさんに訴えない限り死んでも死にきれないと昨夜、ふいに思い立ったのです（いや、別にわたしは死にませんよ。なんせ息子から「おばちゃん《わたしの実姉です》はゴキブリ並みの生命力やけど、おかんもええ勝負やな」と賞されたほどなんですから。え？褒められてないって？　そうかなあ）。

なんで思い立ったかというと、何気なく読んでいた雑誌の中に『一年の計は元旦にあり』なんて古い慣用句を見つけたからです。一年の計画は年の初めに決めておくのがよろしかろうという意味なのでしょうが、元旦の出来事がその一年のありようを占うような意味合いにもとれませんか？　あぁ、だとしたら、今年は昨年に劣らずしっちゃかめっちゃかなことになるわけだわ。とほほ……なんて嘆(なげ)くのにはわけがありまして。

このお正月、アサノ家は新婚ほやほやほわほわぐったりの娘夫婦を除いて、那須(なす)の温泉地で過ごすことにあいなりました。孝行者の息子たちがわたしとダンナを招待してくれたのです。「ずっと苦労をかけてきたから、これからは親孝行するつもり。のんびり楽しんでな」なんて涙の出そうな言葉を……言うわけないだろう。アサノ家の面々がそんな殊勝(しゅしょう)な科白(せりふ)、口が裂けても言うわけないだろう。言われたりしたら、即「悪霊(あくりょう)退散」のお祓(はら)いをしますよ、あたしは。つまりまあ「電車代はこっちが出すからホテル代頼むな。コーヒーはおごるから、夕食はおごってな」的な展開で、それでもこちらとしても、他所(よそ)に泊まればおせち料理も作らなくていいし（おいおい、この前の手作りおせちがんばります、の決意はどうしたんだ）、大掃除も適当でいいし（さらにおいおい、あの大掃除騒ぎはなんだったんだ）、温泉でゆっくりするのもいいかなあなんて下心がむくむく動き、結局、同意しました。横道にそれますけど、主婦ってお正月もてんてこ舞(まい)の獅子踊(ししおど)り（？）なんですよ。たいへんなんですから。ふんふん。

さて元日。わたしたちは岡山駅から山陽新幹線に乗り込みました。東京駅で昼過ぎの東北新幹線に乗り換えて、車中で東京在住の息子夫婦二組（次男夫婦含む）と合流の予定だったのです。もちろん、切符は予め購入していました。

旅って楽しいものです。岡山駅で駅弁を買い込み、わたしとダンナはほくほくしながら座席につきました（ほくほくしていたのは、わたしだけかもしれませんが。駅弁っていいですよね。岡山駅は「祭ずし」がご当地弁当だそうです）。ところが、ところが、折からの大雪でダイヤが乱れ、東京到着時刻が大幅に遅れてしまったのです。実に四十五分の遅れ。

「お急ぎのところ、まことに申し訳ありませんがご了承くださぁい」

いつもは気にならない車内放送の車掌さんの口調がやけに間延びして聞こえたものです。

京都―名古屋間で大幅減速。しかし、わたしは落ち着いておりました。乗り換えのための時間はかなりの余裕があったのです。しかも、乗り換えに要する時間は全力疾走すれば僅か二分三十秒。大丈夫、慌てることはない。

「こういうことも、あるのよねえ。あっ、すみませんコーヒーください」

という、ゆとりさえありました。

ところが東京駅の手前で新幹線が突如、停止。構内が混雑しているため待機しているとか。このあたりで、血の気が引くわたし。息子からの電話。「なんで来ないいん」「電車が止まっとんじゃ」「えー、間に合わんかったらどうするの。次の便?」「わからんわ、そんなの」「ふーん、じゃ昼の弁当もいらんかな。おごるつもりやったのに。千円の幕の内」「いるかい、そんなもの」

親子の会話が弾むころ、やっと到着。「走るぞ」ダンナの掛け声とともにアサノ夫妻は猛ダッシュ開始。「どけどけ、ぶつかっても知らねえぜ」ってもんです。階段を駆け上がり、プラットホームに踏み込んだわたしたちの目の前で……新幹線のドアが閉まりました。すでに三月、今さらですが、こんな元旦でわたしの一年、大丈夫でしょうか。

出会う力

風邪（かぜ）をひきました。

四月だというのに、風邪をひきました。

風邪をひいたのは、何十年ぶりです。

洟（はな）はじゅるじゅる出るわ、クシャミは連発だわ、熱は出るわで、もうよれよれくたくたです。もしや、新型インフルエンザ？　おお、わたしもついに、とりつかれたか……と思ったけれど、どうも、ただの風邪のようです。世は春。洟が咲き、いや、花が咲き、木の芽が膨（ふく）らんで、風邪が、いや、風が優（やさ）しくまろやかになりました。


　これからの季節、梅に始まり（もうとっくに散りました）、桜、桃（もも）、山吹（やまぶき）、藤と我が故郷は花に包まれます。木々が芽吹き、山はうっすらと緑の紗（しゃ）を被（かぶ）ったようになります。その緑が日々濃くなるとともに、花も色を濃密にしていくのです。

梅はあえかな白なのに、桜は淡く色をつけ、桃はさらに鮮やかに紅を重ねます。山吹色、藤色は濃緑の山に負けません。競うように輝き、花色を風景に刻み付けます。そうなると、季節ははや初夏のとば口に差し掛かっているのですが、それは、また少し先の話。

四月の主導権は花が握っています。どこに行っても、これでもかと様々な花が咲き誇り、芳香を漂わせます。早春のころ、花は控え目な処女のように草木の陰にひっそりと花弁を開いていたのに、今は王の寵愛を一身に受ける、傲慢で誇り高い美貌の妃そのものです。

絢爛と咲き誇る花々。

そういえば、わたしはこの時季、よく、熱を出しました。布団にごろんと横になり、氷枕に頭をのっけて、ぼんやり外などを見ていたものです。

熱があると、うつらうつらと夢と現の境を行き来し、目が覚めるたびに、春の陽光にあらぬ人の姿を見たものです。

人？　さぁ、あれは人だったのでしょうか。金色の光の中にさらに艶やかな金色の影として立っているのです。ときに、揺れたりしていました。

ゆらゆら、ゆらゆら

ゆらゆら、ゆらゆら

神か、仏か、異形（いぎょう）のものか。わたしには、わかりません。幼いときも、大人になった今もわかりません。わかっているのは、少しも怖くなかったということです。

その影はちっとも禍々（まがまが）しい感じがしなかったのです。むしろ、清々（せいせい）とした美しさがありました。

わたしは、とても幸せな気分になり、また目を閉じて、うつらうつらとするのです。

次に目を覚ましたとき、熱はたいてい下がっていました。風景は眩（まぶ）しいけれど金色ではなく、見慣れた山や庭や木々や部屋に戻っています。もちろん、あの艶やかな影はどこにもありません。

春に熱を出したときだけ、わたしは、あの幻（まぼろし）（？）を見たのです。見ることができたのです。

しばらくぶりに風邪をひいて、わたしは、幼いころ見たものを思い出しました。

そして、思います。

あれは春そのものではなかったのかしら。

子どもは、春そのものに出会うことができるのです。夢と現(うつつ)の狭間(はざま)で、ひょっこり春や夏や秋や冬に出会うことができるのです。

いつの間にか失ってしまうけれど、〝出会う力〟を有しているのです。ほんとうに、いつの間に失(な)くしてしまうのでしょうねえ。

春爛漫(らんまん)の四月、わたしは風邪をひきました。

この風邪を口実に締め切りを延ばしてもらおう。そうだ、そうだ、息も絶え絶えの声で「すみません……あと少しなのに……熱が出て、頭がふらふらして、あぁ」などと、訴えてみよう。編集者も人の子、少しは憐憫(れんびん)の情が湧(わ)くだろう。うまくいけば「いいですよ、いいですよ。来月でも。病気ならしかたないですからね」なんて、口走るかもしれない。むふふ。

こんなさもしい心根のわたしには、もう、「あれ」を見ることは叶(かな)わないのでしょう。

うーん、なんか複雑な気分です。

また、ちょっと熱が出てきたかも。

六月の闇

五月は田植えの時季です。わたしの家の周辺は美しい田園地帯です。五月から六月にかけては緑が美しく、田園詩人のわたしとしては、つい詩心が刺激され……はい、すみません。大嘘(おおうそ)です。嘘ですとも。

田んぼが広がっているのは事実です。桃園も茶畑もあります。というか、山と田畑と川しかありません。一応「市」なので、市役所もあるし病院やスーパーもあります。駅だってあるし(一、二時間に一本しか電車は走ってないけど)、バス停も設置されています(これも一、二時間に一本ぐらいですね)。近くに高速道路だって通っているんですよ。

それでも、この時季、わたしの周りは山と田畑と川しかないと思えてしまうのです。錯覚(さっかく)ではありません。どんなに目を凝(こ)らしても、凝らしても、全(すべ)てが緑に包まれ、塗り込まれ、抱きすくめられている。そんな風に見えてしまうのです。それほど緑が、山でも田畑でも河原でも一気に伸び、茂り、濃くなっていくのです。それはもう猛々しいとしか言いようのない勢いなのです。田園風景というものは、もう少し穏やかなものでしょう。バランスがとれていなければなりません。

適度な緑、適度な空間が必要です。人間にとって優しく快適な自然が広がってこその田園風景。とすれば、わが故郷の緑はいささか荒々しすぎるかもしれません。

え？　大嘘の部分はそこかって？　そうですよ。他にどこがありますか。田園詩人？　詩心？　あらま、わたし、そんなこと言いました？　むふっ、恥ずかしい。

いえいえ、わたし個人としては、まぁ、自分の内に詩人的要素、詩的才能が溢れている……とは言いすぎですが、芽吹いているぐらいは思っています。自然の風情がわたしの心を刺激し、詩を生み出すのです。特に六月、水無月のころ（陰暦ですから、微妙にずれますけど）、水のはいった田の上を蛍がほわりほわりと飛び交い始めます。その何とも形容のしようがない色合いの光が点滅しながら闇中を漂うと、田の水にも朧に光が映し出されるのです。闇の中と水の面に緑とも黄色とも定められない光が、ほわり、ほわり、ほわり。あちらにも、ほわり、こちらにも、ほわり。そんな中に立っていると、今、目にしている光景が現なのか幻なのか、判然としなくなります。夏の夜の魔が描(えが)き出した妖(あや)しげな絵画のようにも思えてくるのです。

そこで、わたしの詩心は大いに刺激され、揺り動かされ、珠玉(しゅぎょく)の詩をひねり出す、もとい、生み出そうとするのです。

　蛍さん、飛んだ。
　あちこち、飛んだ。
　ほぅほぅ蛍、こっちにおいで。
　あっちに行くな。
　こっちの水はあーまいぞ。ほぅほぅほぅ。
　サービス抜群、明朗会計。みんな、にっこり、幸せ気分。
　ほぅほぅ蛍。こっちにおいで。

どうです。傑作でしょう。つい、口ずさみたくなるような、平明(へいめい)だけれど上品な調子がありますね。なおかつ、明朗で開放的な趣(おもむき)があって、それがこの詩を一(ひと)際(きわ)、輝かせています。

え？　詩じゃない？　ひどすぎる？　なんで、なんでそんなこと言うかなあ。

まぁ、いいです。ちょっと軽く作りすぎたかもしれません。今度は、もうちょっと重厚なものを手がけましょう。

ともかく、五月の緑、六月の闇というものは、人をふっと詩人にしてしまうのです。

昼間の光があんなに眩しいのに、夜の闇があまりに深いからでしょうか。

詩を作らずとも、光を浴びて、あるいは、闇中をそぞろに歩いてみてはどうでしょう。

普段とは僅かに思考回路がずれるかもしれません。ずれれば、目に映る景色も耳に届く音もおのずと異なってきます。

あっ、また、閃いた。題して、六月の唄。

六月、闇は暗いぞ、ほっほほ、ほう。

六月、闇は黒いぞ、ほっほほ、ほう。

もういいって？　これから大傑作ができるところなのに。

初夏の陽射し

今、外は雨です。

少し冷たい雨です。この時季、お日さまが顔を出すのと隠れてしまうのとでは、けっこう気温に差が出ますよね。

肌が感じる温度差だと思うのですが、それってリアルな数字よりもずっと開きがあるように思えます。

さんさんと照りつけているときは、夏の近さを伝えて汗ばむほどの暑さなのに、ひとたび陽が翳ってしまうと、肌寒ささえ覚えてしまう。そんな経験を何度もしました。

これってたぶん、視覚的なものも関係しているんだろうなあ。

なんて、わたしは考えたりします。

初夏の陽射しって、煌めいて、輝いて、見るからに活きがよさそうじゃないですか。今を盛りの売れっ子アイドルみたいな感じですよね。え？　今時、アイドルなんて売れない？　アサノ、古すぎ？　そんな……ひどいわ。ええそうですよ。どうせ、あたしゃ古い女でござんすよ。古い女で姑（女が古い、かしら？）。ふん、こうなったら、びしびし嫁をいびってやる。

△△さん、このお汁のお味、少し濃くてよ。アサノ家は家庭の味も人柄も薄味で上品に、をモットーにしているのよ。いいかげんに覚えていただきたいものねえ。ほほほほ。

は？　モットーとかすでに死語？　アサノ、古すぎ？　ううう。

気を取り直して、嫁姑の問題について真面目に論議したいと思います……じゃなくて、六月の陽射しです。わたしは、六月という時季のこの光について、語りたいのです。陽射しも老いてくると思うのです。生まれ、育ち、老いる。ただし、死はない。生まれ、育ち、老い、生まれ、育ち、老いる。その繰り返し、輪廻していると思うのです。

春の初め、凍りついた川面や地面に注ぐ光の弱々しく、可憐なこと。その光が季節とともに長けて、ちょうど六月ぐらいに思春期を迎えます。真夏が壮年、そして秋から冬にかけてゆっくりと老いていく。そういえば、陰暦十月あたりのうららかに晴れ、暖かな一日を小春日和と日本ではいいますが、どこやらの国では、老女のお茶会と呼ぶのだと聞いた覚えがあります。まったく定かではありません。良い子のみなさんは、決して引用しないでね。

ともかく、六月の陽光は思春期真っ盛り。若さど真ん中です。柔らかさと激しさのバランスがとれなくて、うろたえる。

夏を思わせて暑いのに、ふっと肌寒くなる。希望と不安、自己に対する誇りと嫌悪の間を絶え間なく行き来する、十代に似ているのです。天の様子も安定しないで、からりと晴れていたかと思うと、ぽつりぽつりと雨が降り始める。じめじめと雨が降り続いていたかと思うと、雲が切れ、目に沁みるほど青い空が覗く。

思春期そのもの、気紛れで、厄介で、おもしろくて、鮮やかです。

だから、わたしは六月の陽射しが好きです。梅雨の合間に、ふっと晴れた空から注ぐ光がたまらなくいいなと思ってしまいます。

でも、ご用心を。

六月の陽射しはとても剣呑でもあるのです。なんてったって赤外線がたっぷりと含まれていて、お肌のメラニンが……え？　赤外線じゃなくて、紫外線？　そうなの？　わたしの町では、赤外線で日焼けするんですけど。ちがうの？　ありえない？　太陽光中にあるのは紫外線？　ほんとに？　まあ紫でも赤でもいいです。日焼けしてはいけません。シミや皺の原因になります。

でも、真っ黒になって働いている人って、すてきですよね。かっこいいなあと思います。特に、農家の方々。去年のことですが、田植えの済んだ田んぼの真ん中で一人、腕組みをして立つ老人を見ました。髪は真っ白なのに、背中が真っ直ぐで、褐色の肌をして。軟弱な物書きなど足元にも寄れない、迫力と威厳がありました。

わたしは、思わず見惚れていたものです。

六月の光は、人間の正体、本物のかっこよさまで、照らし出してしまうのでしょうか。

自然の理（ことわり）

恐ろしい事件が起こりました。

悲劇、惨劇、あまりに痛ましい事件です。

二日ほど前の夕暮れどき。

わたしは珍（めず）しく庭掃除なんぞをやっておりました。偉（えら）いでしょう。ほんと、わたしって主婦の鑑（かがみ）だわ。今度、国政選挙があったら『ぶっちぎれ日本主婦党』でも創って立候補しようかしら。百万票ぐらいは楽に集めちゃったりして。そしたらきっと、与党の偉い人たちが頭を下げて、「ぜひ、うちの内閣にお入りください」なんて頼みに来るはず。うーん、どうしようかなあ。露天風呂なら一も二もなく入っちゃうけど、内閣なんてあんまり魅力ないもんなあ。わたし、どっちかというと大臣より大尽（だいじん）になりたいと常々思ってるし。

紀伊国屋文左衛門みたいなお大尽、いいなあ。でも、お金をばらまいて豪快に遊ぶなんての絶対、無理ですね、わたしには。道で拾った百円玉をネコババすべきか、そのまま置いてくか、警察に届けるか、本気で悩んじゃうぐらい小心者だもんなあ。誰かがばらまいてくれたら、きゃあきゃあ言いながら拾う側の人間ですね。どう、考えても。

え？　考えなくていいから、話を戻せって？　戻すってどこに？　あぁ……惨劇ですよね。夕暮れの惨劇。

そうそう二日前の夕暮れ、わたしは、庭掃除をしておりました。梅雨からこっちほったらかしにしていたので、草がぼうぼう生い茂り、蚊は発生するわ、トノサマガエルやトカゲやヘビが我が物顔で闊歩するわで、しかたなしにやってたんですけど。誰か、庭掃除ロボとかプレゼントしてくれないかなあ。

そのとき、クワアッと鋭い一声が聞こえました。はっと顔を上げたわたしの視野を黒い影が過りました。

カラスです。

カラスが駐車場の軒下を低く飛んだのです。わたしは思わず「あっ」と叫んでいました。

「あっ、あさのあつこです」とカラスに自己紹介しようとしたわけではありません。軒下に燕の巣があったからです。

毎年、燕は軒下に巣をかけ、子育てをします。夏の風物詩というか、馴染みの光景というか、ともかく燕がせっせと子育てをしている様を見ていると、しみじみと日本の夏だなあと感じるのです（外国でも燕は子育てするのでしょうけれど）。

今年も燕は我が家の軒下にやってきて、ご夫妻で去年の巣を修繕し（材料費ただ、手間賃ただ、しかも家賃ただだ、むろん敷金礼金なし。いいなあ）、卵を産み、一生懸命温めていました。わたしもダンナも気になって、時々巣の下に立って、何気なーく、見上げたりしていたのです。そのうち、燕ご夫妻が忙しく飛び交うようになったと思ったら、巣の下に小さな卵のからが転がっていました。雛が孵ったのです。

誕生とは、どんなささやかな命であっても言祝ぎたいもの。まして、我が家の軒下の燕ご夫妻の赤ちゃんとなれば、喜びもひとしおです。わたしは、孫を見守るおばあちゃんの心境で、この巣から立派に成長した若鳥たちが飛び立っていくのを心待ちにしていました。

それなのに……。

巣は無残に壊され、三羽いたはずの雛の姿はどこにも見当たりません。親鳥たちが哀しげに空を旋回しているだけです。

カラスは雛が孵化し、ある程度大きくなるのを（つまり、食べ頃になるのを）待っていたのでしょうか。あの大きな嘴でつつかれたら、無力な雛たちはひとたまりもなかったでしょう。もしかしたら、カラスの雛の餌になったのかもしれません。カラスも子を養うために必死だったのでしょうか。

弱肉強食の世界はジャングルやサバンナだけではなく、我が家の軒下にも存在したのです。穏やかな夏の夕暮れどき。思わぬ惨劇をわたしは目の当たりにしてしまいました。

一見、優雅に暢気にただ空を行き交っているだけに思える鳥たちは、実に熾烈な、過酷な自然の理を生きているのです。

どうか、来年は燕ご夫妻が子育てを全うできますように。

模様替え

この前、大掃除をして新年を迎えたと思っていたのに、はや八月。一年の後半に入ってしまいました。

え？　また、大掃除の話かって？　ご安心ください。大掃除のお題一つで、そんなに引っ張りはいたしません。それぐらいの自制心はもっているのですのよ、わたくし。

わたしが語りたいのは大掃除のことではなく、一年なんてあっという間だなという感慨についてです。

あっという間でしょう、一年なんて。だって、真夏ですよ、真夏。ついこの前までうちの居間には炬燵がでんと居座っていたのに。

まぁ……ずぼらなわたしが片付けるのが面倒でそのまま放置していた面もあるに

はあるのですが、そんなものはささやかなことでございます。

　だいたい何が面倒といって、季節ごとに部屋の模様替えをしなくちゃいけないことほど厄介なことはありません。決して自慢ではありませんが、うちはアサノ御殿と呼ばれているほどの豪邸で、坪数は三十を超えております。当然、部屋数も多く……あら？　三十坪とか豪邸じゃないの？　大都会のど真ん中ならいざしらず、岡山県の山奥で三十坪はどうよって、あなた、失礼な。うちの周りは東西南北草原と空き地と空き家なんですからね。窓を開けると、高層建築物が一切ないからどどーんと向こうの山が見えるんですからね。ものすごく広いんだから。

　天気の良い日に二階に上がり、四方の窓を開け放つと、南も北も西も東も緑を茂らせた山々の連なりが見えて、よっしゃあ、天下取ったぞ、って気分になれるんですからね。ほんとに、世が世なら、わたし、天下人になれたんじゃないかしら。

　タイヤじゃなくダイヤがいっぱい付いた煌めく玉座に座り、「みなのもの苦しゅうない。面を上げよ」なんて言っていたかも。今からでも遅くないから、総理大臣とかなってあげようかな。わたしに政治を任せてくれたら、もう少しわかり易い、国の威信とか力ではなく人間の想いに添った政治をすると思うんだけどな。総理大臣って月給、いくらぐらいなんだろう。その額によっては、代わってあげてもいいけど。ボーナスとか出ますよね、もちろん。

は？　模様替え？　模様替えって……あぁそうですね。そっちの話をしていました。

ともかく、わたしは一大奮起して、大掃除、じゃなく居間の模様替えをしました。夏バージョンですね。絨毯を籐のものにし、座布団を藺草の夏物に替えました。因みに、わたしが子どものころ、藺草は岡山県の特産物でした。今はどうなのでしょう。子どものとき、岡山市から電車に乗ってことこと西に進むとたくさんの藺草畑がありました。畑というか水田で栽培しているのですが、水を張った田に一メートルを超える藺草が密生している様は独特の風合いがあって、わたしは大好きでした。電車の窓から飽きずに眺めていたものです。あの風景は今でもあるのでしょうか。もうずいぶんと久しく目にしていないのですが。

はい？　模様替えはどうなったかって？　終わりです。ええ、終わりですよ。絨毯と座布団を夏用に替えただけです。これ以上、わたしに何をしろというのです。風鈴は一年中軒の下に吊り下げてるし（真冬でもチーンチーンと鳴っています。あの音って、冬に聞くとほんと寒々とした気分になりますね）、扇風機はカバーを掛けただけで出しっ放しだし、別にこれ以上何もすることはありません。あーっ、そうだ。炬燵布団をクリーニングに出さなくちゃ。面倒くさいなあ、ちぇっちぇっ。

ということで八月の話は終わりです。あれ？　わたし、一年がいかに高速で過ぎていくかについて話すつもりだったのに……。それに、八月ってすでに夏の終わりじゃないですか。こんな時季に、模様替えとかしているわたしって何？　今まで何をしていたのでしょうか？

あぁ時が移ろう。季節が過ぎていく。

大人の女の話

大人の話をします。

心して聞いてください。だいたい、わたくしはこれまで自分の本来の姿を隠してまいりましたのです。ええ、そうですとも。本来のわたくしとは、大人な女なのでございます。

大掃除とか部屋の模様替えとか、そんな瑣末なことに拘泥して日々を過ごしているわけではございません。ほほ。

事は一通の手紙から始まった……わけではなく、今風に、携帯電話の呼び出し音からスタートしました。

予感はあったのでございます。

その日、雲は厚く垂れこめ季節外れの妙な蒸し暑さがわが町を覆っておりました。それは、立っているだけで背中に汗が滲むような不快なものでございました。前日までは、爽やかな秋晴れが続いていたにもかかわらず、でございます。

　わたしは、おそるおそる携帯電話を手に取りました。理由の見当たらぬ不安と怯えに震えながら……。

「あーもっしんぐ、なう。アサノ、あたし、あたし」

　悪友Bの下品な声。とたん、携帯を放り出したくなる。だいたい、「もっしんぐ、なう」ってなんだよ。今、流行りのツイッターか。あたし、あたしって、知るかい。ちゃんと名を名乗れ。あたしで通用するほど大物か、おまえは。大物なのは顔と態度だけで十分だぞ！　と、思いっきり突っ込む気満々のわたしを制するように、悪友Bはほくそ笑んで言った（電話だから、ほんとは表情まではわからないですけど。長い付き合いだと言葉の調子で、あっこいつ笑ってんなとか爪楊枝で歯をせせってんなとか、わかるものです。腐れ縁て、嫌ですよねえ）。

「アサノ、昼御飯、まだじゃろ」

「まぁ……これからじゃけど。何か？」

　わたしはすでに警戒モード、レベルイエローゾーンに突入である。悪友B、不敵に笑う（笑っているでしょう、たぶん）。

「どうせ、あんたのことじゃけん、昨日の残り物か冷凍タコ焼きぐらいで済まそうて思うとるんじゃろ」

どっきり、どきり。さすが腐れ縁。的中である。昨日のスキヤキの残りで簡易牛丼を作るか、冷凍庫のタコ焼きを解凍すべきか、悩んでいる最中だったのだ。

「わたしの昼御飯があんたと何の関係あるんよ。ふんふん」

狼狽を覚られないように、わざとつっけんどんな物言いをしてみる。どんな物言いをしても、腐れ縁の悪友は気にかけない。洟も引っ掛けようとしない。洟を引っ掛けられたら、困るけど。

「お蕎麦を食べに行こうで、お蕎麦」「お蕎麦？　お蕎麦って、〃いつでも、あなたのお傍にいたいのよ〃のお傍じゃなくて、あの、つるつるってお蕎麦のこと？　月見とかキツネとかザルとか、あるやつ」「トロロとか天婦羅とか山菜とかもあるけど。あっタヌキも」「なんでお蕎麦なんか食べに行くの」「新しい蕎麦屋が○○にオープンしたからアサノも誘ってあげようかと思うて。Aも来るって言うてたで」

Aとはむろん悪友Aである。何が悲しくて、締め切り山積みのこの時期、このメンツでお蕎麦などすすらねばならんのだ。

「あー悪いけど。あたし、忙しいけん。あんたたち暇なおばはんとは、ちがうんじゃから」「おごってくれるって」「は？」「お蕎麦、Aがおごってくれるって」「えええっ！　何事！」「クリーニングに出そうとした毛皮のコートのポケットから五千円出てきたって。幸運のおすそわけとか言うてたけど」「毛皮？　まさか、あいつが毛皮のコートなんぞ、持っとるわけないが」「熊かもしれん。ほら、このところ熊が出没しとるって噂、あったやろ」

我が故郷はど田舎なので、熊も鹿も出る出る。けど熊の毛皮って、マタギじゃん。と思ったけれど、おごってくれるなら、アサノ、どこにでも行きます。あら、紙数が尽きたわ。大人の女の話は……また、次へ。

続・大人の女の話

大人の女の話の続きを。

わたくしアサノは、悪友Bの「おごってくれる」の一言に誘われ、締め切りを放り出し、新装開店のお蕎麦(そば)屋さんに出かけることとなりました。

「おごってくれる」。なんてすてきな言葉でしょ♡　心がうきうき、わくわく、するわ♡というような話をしていたら、友人A（今回おごってくれるので悪友から格上げしました）が、天ザルセットのエビ天を頬張(ほおば)りながら、わたしに顔を向けた（唇(くちびる)の間からエビの尻尾(しっぽ)が覗(のぞ)いていた）。

「アシャノのうきうきわくゅわくゅって」

「しゃべるか食べるか、どっちかにしろ」

「うんぐ、うんぐ。はい、完食。あのな、アサノのうきうき、わくわく、つまりトキメキな。トキメキって、そんなもん？」

　一瞬、問われた意味がわからなかった。天ザルセットの五目おこわを口に入れたまま、わたしはAを見詰めていた。胡麻が口の端にくっついている。

「そんなものって、おごってもらうほどときめくこと、他にないが。あんただって、そうやろ」

「馬鹿言ってんじゃないよ」

　Aが胸を張る。ふんふんと鼻を鳴らす。

「あんたたち、女としてのときめきを忘れたらあかんで。いくら、見た目がおばさんでも、心は瑞々しく柔らかくないとねえ」

　見た目八五パーセントおばさんのAに言われたくない。が、しかし、この前まで、Aは見た目九九パーセントおばさんだった。一四パーセントおばさん度が減った経緯とは何か考える。さらに、考える。コートのポケットから五千円が出てきた。それだけの理由でAが蕎麦をおごってくれる。うーむ、おかしいと言えばおかしい。わたしなら、さっさと財布にしまい込んで一人にんまりと笑っているだろう。Aのこの気前良さは何ゆえか……。Bがほうじ茶をすすり、Aを上目づかいに見る。

「女としてのときめきって、たとえば……」

「そりゃあ、やっぱ、恋でしょ」

「恋！」

わたしとBは割り箸を手にしたまま、あんぐりと口を開けてしまった。

「恋って、魚の鯉じゃないよね。洗いとか唐揚げとかにする淡水魚で六六魚とも呼ばれ」

Aがわたしを遮る。

「魚は関係なし。恋は恋、ＬＯＶＥよ」

「ＬＯＶＥって、あんた、まさか不倫」

わたしの脳裡に決して池面、いや、イケメンではないが誠実そのもののAの旦那の顔が浮かぶ。

「不倫とかじゃなくて、密かなときめき、かな。そういうの人生には必要でしょ」

「あんた、なんで標準語になっとんで。なに、つまり、誰かに片想いしちょるってこと」

Aがあっさりと頷いた。

「そうなのよねえ。自分でも不思議。その人を見ているだけで幸せな気分になれるの。あっ誤解しないで。わたし、別にその人と深い仲になりたいとか、何もかも捨ててその人とともに生きたいとか、そういうのじゃないの。ただ、遠くから見ているだけでときめくの」

「はぁ……。すっごい標準語やで。あんた、大丈夫なん？」

「大丈夫に決まってるでしょ。だけど、こういうときめき、旦那には感じないられ、あれ？　感じれられない、あれ？」

「ほら、無理するけん、舌が強張った」

ここから、わたしたちは夫婦間にときめきは必要かとか、旦那以外の誰かにときめくのは許されるか否かとか、大人の女の話を延々と続けた。店の人はさぞかし迷惑しただろう。ごめんなさい。

我々の結論として、夫婦間でのときめきって男と女というより、人間的な意味で必要になってくるんじゃないか。旦那以外の誰かへのときめき、周りに被害が及ぶようなら一考ものだが、そうでないならもちろんOK、となりました。どうかなあ。

Aのときめきの相手はいまだ不明だが、わたしは、ミッ〇ーマ〇スではないかと思っている。

Aは大のデ〇ズニーファンなのだ。

うふのふ

この間まで酷暑だ、猛暑だと騒ぎ、夏バテを締め切りが守れない理由として扱き使っていたのに……。どうでしょう、はや、年末の足音が迫っているではないか。年末ですよ、年末。年の末ですよ。

なんだか、むちゃくちゃ時の経つのが早くて、ぼんやり者のわたしなど、「は？」と、呆気にとられてしまう。

子どものころ、あんなに緩やかに流れていた時間はどこにいってしまったのだろう。見上げた空の青さに染まっていく自分を感じ、緑の匂いを孕んだ風に心身がときほぐされた、夕暮れの紅と黒の風景を怖いとも、妖しいとも美しいとも想い、涙ぐんだあの時間はどこに消えてしまったのだろう。

空を見上げることがなくなった。

凪を胸いっぱいに吸うことがなくなった。

風景に涙ぐむことがなくなった。

そんな自分に心細さを感じることもなくなった。

ただ時の過ぎる早さに呆然とするだけだ。そのくせ、年を越せば、またあたふたと忙しく動き回り、懸命に仕事をするよりも、締め切りの延期に使える口実をあれこれ考えることに、時間を費やし、気付いたらまた一年が経って……。うわっ、おっそろしい。くわばら、くわばら、桑の畑に逃げないと雷さまに臍とられるぞ（何のことやら）。

みなさん、不肖アサノ、ここで一大奮起いたします。来年こそは計画的にきっちり、きっぱり、清々しく生きまする。一年の計画をきっちり立て、締め切りことごとくをきっぱり守り、時間を有効にかつ、効率的に使い、清々しく年末年始を迎える。そのような、生き方をするのでございまする。

もちろん大掃除もします。徹底的に。季節ごとの衣服の入れ替えも、部屋の模様替えも、場当たり的、気紛れではなく、計画を立て、意を定め、効率よく……。

「あんた、馬鹿じゃないん」

再び悪友A、B登場。わたしの決意を聞いて鼻でせせら笑う。

「そんなことアサノにできるわけないが」

「なんでよ、なんで、できんて決めつけるんよ」

わたしは少なからず立腹する。友の健気な想いを鼻先で笑うとは無礼、非道にも程があるではないか。うちの飼い犬に嗤われても、おまえたちにだけは嗤われたくないぞ。

「だってアサノじゃもん。アサノは、怠け者でいいかげんで、八方美人で計画性が零じゃから、アサノなんじゃろ」

「え……、そっ、そうなん?」

あたしって、そこまで堕落してる? うろたえるわたしを一向に気遣う風もなく、悪友は黒豆アイスを食べながら続ける(甘味処に来ております。因みに黒豆は我が故郷の特産品でございます)。

「そういうアサノやから、うちら付き合うてあげてるんやないの。きっちりきっぱりのアサノなんか、付き合うたって、なんにもおもしろうないが」

わたしがいつ付き合ってくれと頼んだ?

「ともかく、あんまりじたばたしんさんな。立派な人の書いた物語なんて、うちら読みたいって思わんし」

あんたたちに読ませるために書いてんじゃないですけど。胸の内で毒づく。毒づきながら、妙に納得してしまう。怠惰で無責任でいいかげんなわたしの書いたものを読んでくれる人たちがいる。読み続けてくれる人たちがいる（そんなに多くないけど）。それにきっと、駄目人間のわたししか書けない物語がきっとあるはずだ。自分にも、自分の書く物にも、読んでくれる人たちにも、真摯に向き合わなければ、物書きに明日はない。駄目なわたしを矯正することも繕うこともせず、駄目なわたしの精一杯の物語を書き続けていく。それしかないかもしれない。

わたしより駄目な悪友たちが教えてくれた。

まっでも、大掃除ぐらいはちょこっとでもしようかな。

みなさん、また、どこかでお会いできますように。二年間、ありがとうございました。

第二章　思考はめぐる

田舎暮らし

みなさん、あけましておめでとうございます……との新年の挨拶も少々間が抜けて聞こえるころとなってしまった。もう一月も半ば、お屠蘇気分でのんびりなんて人、いないだろう。わたしが歳をとったせいなのか、時代の趨勢というものなのか。年々、時の過ぎていき方も人のありようも忙しく、慌しくなっていくようだ。

わたしは根っからの田舎人間で、岡山県の北東部、山間の小さな温泉町に生まれてからずっと、つまり半世紀以上、住んでいる。東京に数年、学生として生息した時間はあったけれど、それ以外は美作というこの小さな町（平成の大合併とやらで一応「市」にはなったけれど、それで何が変わったかは謎だ）で生きてきたことになる。生まれてからずっとだ。

当然、ここの空気も風も風景も音も、しっかりと染み込んでいる。煮込みすぎたおでんの卵みたいな感じだろうか。黄身のところまで色が変わるほど、だしが染みているのだ。

そういう田舎人間が、世界的な大都市トーキョーなどにのこのこ出ていくとヘンテコな感覚に陥る。妙な化学反応が起こる感じがするのだ。

到着した日はちょっと高揚ぎみ。毎度のことながら、この都市の不夜城ぶりに驚愕しつつ過ごす。午後九時を過ぎるとぱたりと人通りが絶え、闇に沈み、魑魅魍魎が跋扈する……わけではないけれど、狐狸の類が勝手気ままに歩き回る我が故郷とはちがい、真夜中だろうが夜明け前だろうが煌々と明かりがともり、人も乗り物も途切れることなく稼働し続けている大都市は、異世界に等しい。

深夜、寝つけぬままにホテルの部屋からトーキョーの夜景を眼下に眺めていると、煌びやかな光の連なりや、人々の蠢く気配に圧倒されて、さらに目は冴える。まさに、不夜城。まさに、眠りを拒んだ街。すごいなあと唸るしかない。ここには全てがあるような、あらゆるものが手に入り、生産され、消費されているような、そんな錯覚さえ覚えてしまう。錯覚？　だろうか。うーん、すごい。何がすごいのかよくわからないけれど、ともかくすごいと、田舎人間のわたしは高揚し、眠るどころではなく、深夜のラジオ体操なんか始めてしまう。

しかし、その高揚感も二日目にはやや沈静化し、三日目には萎れ、四日目には気鬱となり、わたしは、そそくさと岡山行きの新幹線なり飛行機に乗り込むことになるのだ。わたしが、この街を楽しめるのはぎりぎり四日が限度のようだ。

だって、みんな忙しいんだもの。ついていけない。

歩くのもしゃべるのも速い。流行ることも廃れていくことも早い。思索する時間も思いあぐねる時間も瞬く間に消えていく。うーん、やっぱりついていけません。すごすごと田舎に帰ります。といって、田舎暮らしがすてきなわけでは、ちっともないのだけれど。

四方を山々に囲まれた町には、閉塞があり、停滞があり、空疎がある。排他的で保守的で変化を好まぬ空気がいまだ、どかりと居座ってもいるではないか。ドラマや安っぽい小説に出てくるように、心清き人々の住む癒しのスポットなどでは決してない。

それでも、四日も離れると恋しくなるのは何故だろう。ゆっくり考えてみようっと。みなさん、しばらくお付き合いを。

ちょっと怖い話

ちょっと怖い話をしよう。いや、別に怪談や怨念話を披露しようというわけではない。散歩の話だ。犬の散歩、あるいは犬との散歩の話。

我が家には、猫と犬がいる。猫は生まれて二カ月半、悪戯盛りで可愛い盛りである。犬は黒のラブラドール、雄、年齢不詳。年齢不詳というのは捨て犬だからである。四年前、我が家にやってきた。なんでも、我が姉の愛犬が週に一度通い、学んでいた（行儀とか世間のルールとかをきちんと教育してくれるらしい。うちの娘も預けたいと一瞬、思ってしまった）ドッグスクールの門前に、捨てられていた（そうな）。真夜中、鉄製の門にくくりつけられて所在なげに鳴いていた（そうな）。あるいは泣いていたのかもしれない。成犬になって捨てられるなんて、惨い話ではある。

姉曰（いわ）く、「わたしも会ってきたけど、ええ子なんで。すごい頭が良くて、アイコンタクトだけで、ばっちり言うことをきくから。あんた、ラブラドールってまともに買えば十万円はするで。貰（もら）いいな。十万円が無料（ただ）になる買い物なんて、めったにないじゃろ」。

めったにどころか、ン十年の人生の中でただの一度も経験したことがない。正直に告白しよう。その瞬間、わたしの頭の中に十枚の一万円札が踊（おど）った。ワルツやジルバではない。サンバだ。陽気に激しく踊る。姉がたたみ掛ける。さすが、腐っても姉は姉（いや、うちのネーチャン腐ってないです。どころか、ますますイキサカン。おばちゃん道まっしぐらです）。妹の吝嗇（りんしょく）体質も欲深さもちゃんと見抜いていた。

「去勢（きょせい）手術もしてあるって。だからおとなしいの。むちゃくちゃ良い子。ねえ、去勢手術ってけっこう高いんよ。三、四万はするんじゃない。ムーちゃん（愛犬の愛称。正式な名前は……知らない）がいなかったら、うちが貰いたいんじゃけど」

十万＋四万＝十四万。それが、ただ、無料、一銭もいらず。わぉっ、すごいお得じゃないの。十四枚に増えたお札が阿波（あわ）踊りを踊る。

「あんたが断るなら、他の人に譲るって……うん、欲しいって人が二、三人、おるってよ」

これが止めとなった。正直に告白します。わたしは、他の人に譲るとか、あと○○しか残ってないよという文句にむちゃくちゃ弱いです。それで、何度も何度も人生に躓いてきました。なのに……。

　自己弁護として言わせてもらえば、十カ月ほど前に、わたしは十年近く飼っていたコリー犬を病気で失っていた。犬を飼っている方ならおわかりだろうが、犬の存在感というものはなかなかのものだ。贔屓目でなく、我が家のコリーは優しく知的で美しかった。穏やかな目をして、その目の中に知性さえ垣間見せてくれた。そういう犬を失って、喪失感がないわけがない。また、あんな犬と暮らすことができる。その想いに、わたしの胸は躍った。お札の踊りとは関係なくだ。

　というわけで、その犬を貰い受けた。冗談じゃない。何がすごい頭が良くてだ。何がアイコンタクトだ。何がばっちりだ。確かにおとなしい。なにしろ、食って寝ることしかしないのだ。食って寝て散歩して食って寝る。ロックと名づけたラブは、たいへんな怠け者（者？）だったのである。あっ、ちょっと待って。今回は怖い話をするんじゃなかったっけ。いいや、また次に……自分のいいかげんな性格が怖い。

続・ちょっと怖い話

前回は失礼いたしました。怖い話なのに何故、犬の話に終始してしまったのかと、自分でも考え込んでしまった。ようするに、いいかげんな性格と構想力のなさを暴露してしまったわけだが、物書きとしてこの性格と能力不足は、ちょっと、いや、かなり怖い（別に、そういうオチではございません。ほんとうに怖い話をしたいのです）。

ともかく、口舌巧みな姉に丸め込まれて飼い始めた犬は、食っちゃ寝、食っちゃ寝の毎日。日々、額に汗して働く一般庶民から見れば、羨ましいような生活の中でぷくぷくと肥えていく。一応、番犬としては優秀で、見知らぬ人間（特に、中年男性）にはやたら、吼える。でっかいし、黒いし、声は大きいしと三拍子そろっているから、たいていの人は怖気づくか、眉を顰めるか、苦笑するかである。番犬らしく吼えるのはいいが、肥えるのは困る。

　肥満は犬の大敵。関節に異常をきたし、命にも関わると、動物看護関係の専門学校に通う娘に諭され（ああ、わたしは身内から丸め込まれたり、諭されてばかりいるではないか。何故かしら？）、減量を開始した。人間と同じく基本は食事と運動。肥満犬用のドッグフードを買い込む。そして、毎朝、毎夕の散歩。これがなかなか骨折りである。夏はまだいい。試練は冬にある。何しろ、我が住処は、中国山地を遠くに望む山間の町である。「岡山は温暖」という印象をきれいに裏切って、やたら寒い。雪はさほどでもないが、凍てつく。川の流れが緩やかなあたりは凍りつき、山も野も白く霜に覆われる。一日、冷蔵庫状態の真冬日が続くのだ。北国、雪国の方々からみれば、何をこの程度と笑うほどのものだろうが、「晴れの国おかやま」の住人としては、情けないような寒さである。その中を防寒用のジャンパー、毛糸の帽子とマフラー、二枚重ねの手袋と着膨れした格好で犬とともに歩く。なにせ、「ど」が三つは付く田舎である。散歩コースには事欠かない。川辺を歩き（冬場以外は、川に飛び込む。あっ、わたしじゃありません。もちろん、犬です）、山すそを歩き、山道を歩く。

　今年は例年になく雪が多かった。我が町にも雪は降り積もり、かなりの積雪を記録した。その雪が、やっと融けかかったころ、わたしはいつものように、夕方の散歩に出た（やっと、本題に入りました）。いつもより、少し遅くなっていたと思う。珍しく仕事がはかどっていたのだ。原稿を書く指が軽かった。自分の中にリズムができて、心地良く弾む。めったにないことだ。わたしは、仕事用のパソコンの前から動けなかった。まあ、しかし、こういうリズムが曲者で、調子良いときの文章って、それこそ怖いのだ。軽く調子の良い分、思索の沁み込んだ重さを忘れてしまう。大岩が大地に跡を残すような重みを失うのだ。頭ではわかっているし、感覚としてもどこかで危険信号が鳴っていた。その信号音に犬の悲しげな声が重なる。「おかあ〜さ〜ん。さんぽ〜〜だよぅぅぅ」と聞こえる声だ。おお、もうそんな時間かとわたしは、我に返る。この日の仕事に満足の笑みをもらす。次の日、半分以上、書き直すはめになるのだが、ともかく満足の笑み。そして、暗くなり始めた道を……あれ？　怖いとこまで行き着けませんでした。じっ、次回こそは。すいません。

続、続・ちょっと怖い話

全くもって、申し訳ありません。いつになったら、怖い話に辿り着くのか、書いているわたしが一番、不安になっております。ともかく、散歩に出るところまではなんとか進んだ。本題はここからである。

怠け者（者？）で大食いの黒ラブを連れて、わたしは毎日、散歩に出る。その日は、めったにないことに仕事に集中でき、いつもより一時間近く早く家を出ることになった。真冬の山間の町。日暮れは早い。散歩コースは、川土手から山道をぐるりと歩く一時間ちょっとの道のりだ。

犬もわたしも、歩きなれた道だった。それでも、この道は季節ごとに様々に楽しませてくれる。昨日は、数羽の鴨が淵に舞い降りてきた。どこから旅をしてきたのか、やれやれという風に、羽を閉じ、ゆったりと川面に浮かんでいる。みんな太って美味(おい)しそうだった。数日前は、休耕田の枯れ草の中で野ウサギが跳(は)ねた。やはり、よく太って美味しそうだった。足元の叢(くさむら)から山鳥が飛び立ったこともある。とっても美味しそうだった。＊ヌートリアの親子が泳ぎ回る姿には、ほぼ毎日出くわす。これは、たぶん不味(まず)いだろう。ネコヤナギの芽吹きが始まり、フキノトウが顔を出す。これからの時季、田舎(いなか)の道は十代の少女のようになる。日々、様子が変化し、日々華やかに美しくなるのだ。羨(うらや)ましいことだ。それに比べ、わが身の行く末は……はっ、だめだ。怖い話に戻らねば。

土手を通り、山道にさしかかったときだった。人家(じんか)も途切れ、道の両側は山の斜面になっている。左の斜面は杉の植林、右は雑木(ぞうき)の林。道は蛇(へび)のようにうねうねと曲がり、続いている。かなりの角度の斜面だ。頭上には冬の星が瞬(また)き始めていた。

ぞくりと悪寒(おかん)が走った。ずんと身体(からだ)が重くなる。同時に怠け者（者？）で大食いの黒ラブが低く唸(うな)り始めた。なかなかに迫力のある声だ。威嚇(いかく)の声というやつだろう。わたしは、目を凝(こ)らす。道ははや、闇(やみ)に溶けようとしている。それでも、まだ微(かす)かに白っぽく浮いて見えた。足が前に出なかった。理由はわからない。歩きなれた山道の中途で立ちすくみ、ただ目を凝らす。何も見えない。闇があるだけだ。ふと振り向いてみた。わたしと犬が上ってきた道もまた闇に閉ざされようとしている。

ぞくり。さっきより何倍も強い悪寒に背筋が震(ふる)える。ぶわりと足元から冷たい風が吹き上がってきた。それが、幻覚なのか現(うつつ)の風なのか、わたしには判断するゆとりがなかった。犬の名を呼び、引き返そうと綱(リード)を引く。犬は威嚇の姿勢のまま、抗(あらが)った。わたしは、どうしたか。綱を放り出し、一目散(いちもくさん)に逃げ出した。坂を駆け下り、人家の明かりの見える場所まで一気に走った。怖かった。わたしは無神論者だし超常現象にはまるで興味はない。やや、アニミズム傾向はあるけれど、霊感が強いわけでも、超能力を有しているわけでもない。どちらかというと感覚は鈍(にぶ)い。そのわたしが、ぞくりときた。どうしても、道の先に進めなかった。あれはなんだったのだろうと今でも首をひねる。説明できない恐怖というのは、案外日常の中にあるのだなと痛感。因(ちな)みに、犬は無事、生還。何事もなかったかのように餌(えさ)を食べていた（置き去りにして逃げてきたようで《逃げたんだよ》心苦しく、その日はササミを三本もゆでてやった）。さらに、因みに、後日ダンナ曰(いわ)く、「それ、冬眠ぼけした熊でもおったんやないか」。もしそうなら、ちがう意味で怖い！

＊ヌートリアはヌートリア科の哺乳類。主に西日本の川に棲息(せいそく)。ネズミの親分みたいな顔をしてます。

春を告げるもの

一月の終わりから二月にかけて、旧正月にあたるころ、隣の町で福力荒神社大祭が行われる。わたしは、郷土料理には含蓄があるのだが（ただし作れません。食べるのみです。因みに美作は黒豆の産地なので黒豆料理が美味しいです）郷土史にはとんと疎く、祭りの起源とか、由来とかを、まるで知らない。ただ、幼いころから「ほう、もう荒神さまの祭りか。冬も終わるんじゃなあ」と、大人たちが声を弾ませてしゃべり合うのを聞いていた。

旧正月、梅の香とともに、春の足音が微かに、微かに、聞こえてくる。そういう時季なのだ。空の色は青みを増し、川の流れは中国山地の雪融け水で豊かに、速くなる。あと一月ちょっともすれば、今年の初燕がやってくる。季節は確実にめぐり、枯れ色の風景は日ごとに彩りを増してくる。わたしは美しい早春の雰囲気と風光を華麗な筆致で表してみたい……と、張り切っていたら、今日は雪である。しかも、吹雪いているではないか。一昨日も昨日も雪だった。昨日の午後から霙に変わり、遅くには雨になり、今朝はまた雪である。一時、霰も降った。地面は凍結し、いきつけのパン屋さん（もう三十年近く通っている）の店員さん曰く、田んぼの中に自動車がコロンと落っこちていたそうである。コロンという表現はなかなかに可愛いが、落っこちた本人にすれば可愛いどころの騒ぎではあるまい。六台の車による玉突き事故も発生したと聞いた。路面凍結の被害はかなりのものになるようだ。

人は油断する生き物であり、自然は仮借ない支配者である。春めいて暖かな陽射しや風の和らぎに、冬や去ると喜んでいたところに、この冬一番の冷え込みと、雪に霙に霰の三大スターそろい踏みの日々だ。車は滑り、人は風邪をひき、元気なのは北風と軒の雀ぐらい。花の香も空の色もぶっ飛んでしまう。しかし、まあ、こうしてグズグズと迂遠に訪れるから、人は春を待ちわびるのだろう。期待し、裏切られ、諦めようとするとそっと誘われ、しかし、そうはなかなか……あら、嫌だ、これって、ちょっと艶っぽいかも。そうか、男も女も今の季節そのままに、誘い、拒み、受け入れ、花を咲かせればいいのだ。真夏のようにぎらぎらと燃えるのではなく、和らぎと凍てつきを織り交ぜて、生きてみればいいのだ。

いやいや、男と女はどうでもいいか。今は、自然の話である。ともかく、今日は吹雪でした。田舎の春の風景を現場から、生でお伝えしますというわけにはいきませんでした。残念。こういう日は、自宅に閉じこもるに限る。閉じこもって、せっせっせっと仕事をするのだ。わたしは、勤勉で誠実な性格なので、吹雪かなくともせっせと仕事をする。物書きたる者、締め切りを守らないでどうするか（あーっ、今、鏡を見たら舌が二枚とはいわず、三、四枚にはなってるだろうな。少なくともこの文を読んだ担当編集者数人から「ふざけんな」メールなりコールがあるのは確実だわ）。

今朝はリンゴを四等分して、庭の木々に刺した。メジロを迎える準備である。萌黄色の愛らしい小鳥は、毎年必ず春を連れてきてくれる。わたしにほんとうの春が訪れるのは、今、苦しみに苦しんでいる作品を脱稿したときだろうか。艶っぽい春だといいなあ。

お金持ち

お金持ちになりたいなあ。冬の冷え込む朝は、そんなことを思ってしまう。お金は大好きで、どこかに儲(もう)け話がないかしらと、年中思っているのだが、冬の朝はその思いをいっそう、強くする。

寒いのだ。立春を過ぎ、南国からは花の便りが届こうかという季節なのに、やたら寒い（これを書いているのは二月上旬だが）。一昨日(おととい)など、最低気温零下(れいか)八度だったとか。零下ですよ、零下八度。ここは一応、岡山県内ではないのか。温暖な気候と実り豊かな大地に恵まれ云々(うんぬん)と、観光パンフレットには必ず記してあるのに、零下になんてなるなよ。因(ちな)みに、明日の予想最低気温は零下六度だってさ。ははっ、笑ってしまう。

わたしは、人生の大半を岡山県の片田舎(かたいなか)で過ごしてきたので、他の国どころか、岡山以外の都道府県のことさえ知らない。だけど、この地域のことならわかる。ン十年も住んでいれば、狸の通り道までわかってしまう。わかったからって何の得にもならないけれど。ともかく、南北格差が激しすぎるのだ。気候はがまんしよう。自然のことは、運命のように受け入れるしかない。わたしは、自然崇拝主義者なのだ。

しかし、人の手になることは、そう簡単に受け入れるわけにはいかない。文化や経済の格差を黙って見過ごしていていいのかと、こぶしの一つもあげたくなる。南には、あんなにりっぱな県立図書館もホールも美術館もあるのに、うちの市には映画館一つないわけ？　岡山市は小・中学校への司書教諭の配属をほぼ一〇〇パーセント達成していると聞いたけど、うちの市の小・中学校は、どうなっているの？都市部で騒がれている景気の回復感など、どこにも感じられないのはどうして？

わたしは、テロリストではない。暴力でほんとうに解決できることなど何一つないと信じている。でも、先進諸国との格差に怒る人たちの気持ちはわかる（ほんの、ちょっぴりだけれど）。同じ惑星、同じ時代、同じ人間に生まれながら、一方は浪費の限りを尽くし、一方はぎりぎりの生活を甘受しなければいけないのかと思えば、怒りも湧こう。かといって、テロが許されるものではないが。そう、決して許されるものではない。

何にせよ、政治家の偉い先生には、上じゃなくて下を見てもらいたい。大都会の、年収ン千万円以上の人たちの生活ではなくて、この国の片田舎でずっと不景気に喘ぎ、文化施設のほとんどない地域で暮らし、でも日々を真面目に必死で生きている人々を見てほしい。と、格好をつけたけれど、冬の朝、わたしはお金持ちに憧れるのだ。空調設備のおかげで、年中適温を保っている部屋のベッドの上で、優雅に朝食などをとってみたい。もちろん、冥土、いやメイドがいて、食事の膳を運んでくれるのだ。外は零下でも、薄手のドレスで過ごす。うわーっ、いいなあ。刑事訴追されても、株価を混乱させてもいいから、お金持ちになりたいなあ。

布団に包まって、そんなことを考えていたら、猫がやってきて、わたしの鼻の頭をかじるではないか。餌をくれとせがんでいるのだ。

わたしは、のろのろと起きだし、缶詰の餌を皿に出す。牛乳もついでやる。お腹いっぱいになった猫は、わたしがつけたストーブの上にごろりと横になった。お金持ちより、猫になる方がいいかもしれない。

雀(すずめ)物語

朝はいつも、小鳥の声で目を覚ます。と書けば、なにやら優雅で爽(さわ)やかな雰囲気が漂(ただよ)うが、わたしの住居が美しい森に囲まれているわけでも（この場合の森は、リアルな山々とはまるで別の、お洒落(しゃれ)なドラマに出てきそうな、お洒落な森のことです）、わたしが、今、高原の別荘で暮らしているわけでもない。ゆえに、色とりどりの小鳥たちが澄んだ声で朝を告げ、わたしにもう起きなさいとささやく……などというメルヘンチックな世界の話がこれから展開するわけでもない。

雀(すずめ)なのだ。早朝と夕暮れ前の時間、わしゃわしゃ雀が集まって騒ぐのだ。さえずりなどという可愛(かわい)らしいものではない。騒音に近い。

わたしは、基本的に鳥が好きだ。見ていて飽(あ)きるということがない。バードウオッチングというほど高尚(こうしょう)な趣味はないが、散歩ついでにぼんやりと、鳥たちの飛ぶ姿、枝に止まる姿、川辺に立つ姿を見るでもなく見ているのは楽しい。幸いなことに山と川に恵まれた地に生きていると、様々な鳥たちに出会う機会がふんだんにある。

今の時季に最も目を引くのはカワセミだ。瑠璃色の光となって川面を滑空する小鳥のなんと美しいことか。コサギやアオサギはぬるみ始めた水の中で、慎重に小魚を漁っているし、トビは、青みを増した空をのんびりと旋回している。この前は、ふと見上げた視界の隅を小型のタカらしい影が過っていった。もうすぐ、ウグイスも鳴き始めるだろう。世は春、鳥も人も風も光も浮き立つ季節なのだ。

しかし、雀には季節はとんと関係ないらしい。一年中、よほどの悪天候でもない限り、早朝、わたしがまだ寝床にいるときから、さえずりまくる（なんだか、わたしがすごい早起きみたいに読めるなあ。この前、目が覚めたら八時をとっくに過ぎていた。擬声語ではなく、ほんとうに「どっひゃあ」と叫んでしまった）。ピヤピヤ、チュイチュイ、ピルピル……多種の鳴き声をあげて、我が家の貧弱な庭の貧弱な木々の間を飛び回るのだ。

なぜ、そんなにも雀が集まるのか？　謎など欠片もない。わたしが、餌をやっているのだ。子どもの使い古した弁当箱に、稗だの粟だの、ときにはパンの耳だのを入れて庭木の下に置いているからだ。

別に、雀のためではない。野鳥を庭に呼びたいがための行為である。リンゴも枝に刺しているし、脂身もつりさげている。なのに来るのは雀ばかり。去年まできっちりやってきていたメジロは後ろ姿も見せず、ヒヨドリさえ、雀の群れに恐れをなしたのか遠くでピーピー甲高く、鳴いているだけだ。ライバルを追い落とした雀たちは堂々と何を恐れることも、萎縮することもなく、傍若無人に餌をつついている。

じゃあ、餌の用意をしなければいいのだが、雀は雀でなかなかにおもしろいことに気がついてしまった。度胸があるのか、なめているのか、わたしが見詰めていても他の野鳥のようにそそくさと逃げていったりしないで、好き放題に振る舞っている。そんな中でも、仲間さえ追い払って独り占めしようとするやつ、気弱に逃げるやつ、忙しないやつ、羽の手入れに余念のないやつ……人間と同じ、たくさんの個性がある。うん、じっくり雀の世界を覗くのも一興かも……。

ぼんやりした日

今日は、どこか春めいてぼんやりした日だ。ぼんやりというのは、それこそぼんやり、曖昧（あいまい）な表現だが、冬から春に移ろう季節、たまにこんな日がある。

寒いと身を縮めるほどでもなく、暖かいと上着を一枚脱（ぬ）ぐところまでいかない。寒と暖、冬と春が混じり合い、溶（と）け合って、季節の境目が曖昧になる。汽水域（きすいいき）に似た一日がふっと訪れるときがあるのだ。たいてい、次の日は雨になる。そして、一雨ごとに、ゆっくりと春が力を増してくる。

わたしは、自称感性豊かな詩人（詩なんて一編も書いたことないけど）なので、自然の波長にはすぐ官能、じゃなくて、感応してしまう。つまり、ぼんやりしてしまうのだ。一日中、眠い。別に、深夜まで仕事をしているわけでも、不眠症ぎみなわけでもない。

一晩ぐっすりと熟睡して、気持ちよく目覚める。犬の散歩をしてご飯を食べて、犬と猫の餌もちゃんと作る（ここまでは、毎日、きっちりとこなしています）。そして模範的な主婦らしく、掃除と洗濯にいそしみ（ここらへんから、徐々に適当になる）、ときに庭の草取りにせいを出すこともある（ここはもう、大嘘です。あまりのずぼらぶりに呆れたのか、伸び放題に伸びた雑草を犬がくわえて抜いてました。こちらはほんとうの話です）。ともかく午前中、ばたばたと動いて、午後一時からがわたしの仕事時間となるのだ。この原稿もその時間帯に書いている。そしたら……眠くなるんです。ぼんやりとして、暖かいのか寒いのかよくわからなくなる。ふと窓ガラス越しに見上げた空が、晴れていれば、ああ青いなあと見惚れ、雲が動いていればああ雲だなあと見詰め、今、手元にある仕事とは何の関係もないことをつらつらと考え、妄想の段階に突入し、やがて眠くなる。

これは季節のせいにちがいない。冬が居座っているわけでもなく、春が君臨しているわけでもない。不思議な狭間の時季。人は眠くなるのだ。目を閉じて弛緩せよと、神が命じているのではないだろうか。

「まったく、アサノの言うとおり」と同意するのは、悪友連中だ。真顔で深く頷く。たいてい、醤油センベイとか、きな粉餅とか、板チョコとかを頬張りながらである。

「この時季は、ぼうっとしとかないけんのよな」バリッ（センベイの砕ける音）、「そうそう、これから活動期に入るわけじゃから、そのための束の間の休息時間てわけ」バリバリ、「自然の摂理じゃね。うちらは感性が豊かやからな。しょうがないんよ」バリッバリッバリッ。モチャ、グビ（きな粉餅を食べ、出がらしのお茶を飲んだ音）。

しゃべり、笑い、頷きながら食べるセンベイやきな粉餅はやたら美味しい。この後、話題は政治経済に及び、消費税率を上げるようなら国会議事堂になだれ込もうとか、アメリカの大統領はコーランを一度でも読んだことがあるのだろうかとか、明日は卵の特売日だとか、今一番おもしろい本は〇〇だ（ここに、わたしの本の名が入ることはまず、ないです。読書センスに乏しいやつらだわ）とか、種々雑多な話題が飛び交い、みんな意気盛んだ。目なんかきらきらしている。ぼんやりなんて風情はどこにもない。むろん、わたしもきらきら。なのに、いざ仕事となると……どうも、このぼんやりは季節には関係ないようである。

養生訓

この前からやたら眠いと思っていたら、やはり体調を崩してしまった。鼻水はずるずる止まらない、喉は痛い、クシャミは連発、おまけにやたらお腹がすく。ここまでくると、風邪か花粉症か、わたしの知らない重い病に罹患したかのいずれかに間違いあるまい。

「美人薄命というけんね」

小鼻の周辺を真っ赤にしてわたしは嘆く（鼻水が出ると、てきめんに鼻の周りが爛れるのはなぜでしょう。やっぱりティッシュはケチらないで上質なものを使った方がいいかも）。わたしの美点は数々あるけれど（本人が言うのだから間違いありません。妻を娶らば才長けて、見目麗しく情けある、とうちのダンナは思っているはずです。思ってるわね、アナタ）、健康なのもその一つだ。病気というものにあまり縁がない。ありがたいことである。しかし、こういうやたら頑強な人間は、病気にめっぽう弱い。病むことに慣れていないのだ。ほんの少し体調が悪いだけで、この世の終わりかというぐらい悲観的になってしまう。心細くもなる。わたしもそうだ。つい、東京住まいの子どもたちに電話などをかけてしまう。そして、嘆くのだ。

「美人薄命というけんね。わたしも、覚悟しといた方がええかも」

「あほか」。瞬時の間もおかず、一喝された。一喝したのは息子である。

「おかんは、どの角度からどう見ても美人じゃない」

おお、なんという見事な断定。さすが秀才の誉れ高いわが息子……。ちょっと待て、どの角度からどう見てもって何よ。この馬鹿息子が。

「しかも、今どうかなっても薄命なんて歳じゃねえで」

馬鹿息子のさらなる一撃である。病んだ哀れな母に対しあまりに非道な仕打ちではないか。わたしは、ヨヨと泣き崩れる。さすがに良心が痛んだのか、息子は口調を緩め、腹がすかないかと訊いてきた。

「すく。やたら、すいて困るんよね。これも、なんか病状の一種みたいで……怖い。消化器系の異常によって食欲のバランスが崩れて」

「食欲って、脳の関係でしょ」。受話器の向こうでため息が一つ。「腹がすくのは元気な証拠。もりもり食べて、たっぷり寝たら、治るんじゃないの」。

息子よ、母の病は重いのだ。そんなに簡単に考えてはいけない。

「おかん、ごまかさない方がええで」「は?」「締め切り。病気だとか言って、延ばそうとしよるやろ」「あんた、なっ、なんてことを」

絶句するしかない。ここまで馬鹿息子だとは思わなかった。母の病状を軽んじるばかりか、誠実で高潔だと評判の(どこらあたりで評判かは、全く知りません)わたしに対して、締め切りをごまかそうとしているなどという暴言を吐くとは。くそっ、今までの仕送りに利子をつけて請求してやる。

「冷凍庫にあった黒ゴマアイス、もう食った?」「え? 黒ゴマアイス、そんなものあったっけ?」「あったよ。おかん、誰にもやらんて、冷凍庫の一番奥に隠してたがな」。

わたしは、黒ゴマアイスが大好物である。放り投げるように受話器を置き、いそいそと冷凍庫に顔と手をつっこむ。あった! 黒ゴマアイスだ。黒ゴマアイスを食べ、夕食をもりもり食べ、たっぷり寝たら、あれほどの重病がころりと治っていた。食べて寝るのが何よりの薬、ということらしい。

されど本は

　わたしは一応、物書きの端くれと自認している。作家とか小説家といった重々しい（かつ、どこか胡乱の匂いがすると思うのはわたしだけでしょうか）肩書ではなく、もう少し軽めのモノカキという響きが何となく好きだ。たぶん、何事にも拘らない大らかな性格のせいだろう。そう、わたしは大地の女神のような大らかな女性なのである。寛容と慈愛に富み（決して、自愛に富んでいるわけではないです）、楽天的で明朗なのだ。我ながら惚れ惚れする。うちの家族は幸せ者だ。

　などと、いつまでも冗談めかしてごまかしていてもしかたない。他人は何とかごまかすことができても、自分は無理だ。ごまかし続けることも、騙し通すこともできない。それが、できるほどにわたしは老獪でもないし、堕落もしていない……と、信じたい。

つまり、自分の書くものに絶対的な自信がもてないのだ。さあ読め、読んでみろと、ある意味傲慢な、しかし堂々と胸を張って、読者に自著を差し出せない。こう書けば、謙虚な奥ゆかしい人柄のようにも読めるけれど、これまた、ごまかしだ。わたしは、謙虚なわけでも奥ゆかしいわけでもなく、ただ怖じているだけなのだ。自分の書いたものへの不安に怯え、その卑小さに嘆息している。

書いていていいのだろうかという惑いと惑いながらも書きたいという焦がれの狭間で、心は二分され揺れる。その振幅は一作書き上げるごとに、大きくなるような気がする。揺れに酔い、頭痛やら肩凝りやら嘔吐やらに悩まされ、鬱々と気分が落ち込むとき、わたしは必ず辺見庸の本を手に取る。この本と定まっているわけではない。ときに『独航記』、ときに『眼の探索』、ときに『抵抗論』……彼の著作のほとんどが本棚に収まっているから、その内の一冊をふっと取り出し広げる。

薬にはならない。むしろ毒だ。癒やしにも楽しみにもならない。むしろ苦痛だ。こちらの傷痕を掻き毟り、瘡蓋を剝がし、新たに血を滲ませる。舌の上に耐え難い苦味を残し、呼吸さえ乱す。残酷で猛々しく、どこか禍々しい匂いさえ漂わすのだ。それでも、わたしは蘇生する。幾度となく読み返した一冊を開き、しばし、読み返したあと、わたしは幽かな蘇生の音を聞くのだ。

これが「本」というものなら、価値はある。書くことにも、読むことにも、確かな意味と価値が存在する。生きて書き続ければ、わたしもまた物書きとして、その意味と価値をこの手に摑めるかもしれない。不遜にも思い、わたしは自分の頭を上げる。そして、パソコンのキーボードを叩くのだ。

わたしの作品は、無能に近い。他人の病や傷を治せるわけではなく、腹の足しになるわけでもない。誰かを救えることもない。よくわかっている。それでも書くのだ。自分の書くものは無能で無意味だと、自虐的に顔を歪め、書くことに背を向けるよりも、書き続け、書き続け、怯えや嘆息にまみれ、なお書き続ける。そこに、もしかしたら何かが生まれるかもしれない。他者を蘇生へと向かわせる何かが……決して妄想ではないはずだ。

この三月（二〇〇六年）、辺見氏の新刊を手にした。『自分自身への審問』（毎日新聞社）。わたしもまた自らに深く問いながら、読みたいと思う。

贈り物

めでたく娘が成人式を迎えた。

「今日はほんまにめでたい。あんたの頭はいつでも、めでたいけどな」と、母として感涙にむせべば、娘も清らかな双眸を潤ませながら「そうそう、あたしはいつでも祭日、休日、クリスマス。なんでやねん」と、振袖をひらひらさせてつっこんでくる。まあツッコミの巧拙はともかく小さな赤子が、二十年の時を経て、大人と呼ばれる領域にまで育った。未熟で、稚拙で、親とすれば「あな恥ずかしや」の部分も数多あるけれど、それでも生きて二十歳になってくれた。美しきおごりの春を迎えてくれたのだ。ありがたくも、めでたいではないか。

　さて、成人式から二カ月が過ぎたころ、弟から娘に贈り物が届いた。〝間に合わなかったけれど、二十歳の記念に〟というメッセージ付きである。

ミカン箱ほどの大きさのダンボール箱で、かなりの重さだ。開ける前に、側面に耳を押し当ててみる。時限爆弾ではないらしい。しかし、油断してはいけない。なにしろ、三人姉弟の中でまともなのは、わたし一人。姉も弟も、ホンコンマフィアとか、幕府の隠密とか、某大国の牛肉輸出関連会社とか、胡散臭い組織に繋がっている可能性がなきにしもあらずという輩なのだ。善良な市民であるわたしは、恐る恐る中を覗き込む。

クマがいた。ヌイグルミのクマだ。薄茶色の柔らかな毛に包まれた愛らしい顔立ちのクマさん。しかし、これがずしりと重い。首に結ばれたリボンには、Memorial Bearとある。

メモリアルベア？　いぶかしみながら、わたしはカゴに寝かされた格好のクマをふと抱き上げる。自然に手が伸びたのだ。それは腕の中に収まり、心地よい重さを伝えてくる。そのとき、左足の裏に娘の名前がローマ字で、生まれた年月日が数字で記されているのに気がついた。いや、それだけではない、誕生時間と誕生時の体重、身長まできちんと書き込まれていたのだ。そういえば、かなり前、弟が娘の誕生時のあれこれをあれこれ尋ねていたのを思い出す。あたふたと電話を入れてみる。このクマさんの正体は何？

岡山市にある小さな会社が作っている商品だそうだ。赤ちゃん誕生のお祝いとして、その赤ちゃんの身長、体重に合わせ、一体一体、手作りをしているらしい。体重だけなら、外側を先に作り重石(おもし)で調整すればいいから、効率よく大量生産も可能だが、身長までぴたりと合わせるとなると、手作業に頼らざるをえない。大変な手間と労力がいる。わたしの手元にあるものは、身長四四・五センチ、体重三〇〇〇グラムのクマさんである。

ああそうだと思いいたる。二十年前、このように一人の赤子をこの腕に抱いた。脚(あし)の曲がり具合も、抱いた感触も嬰児(えいじ)のそのものだ。とうに忘れていた感覚が胸の中で頭をもたげる。小さな弱き者が愛(いと)しいという感覚。人の誕生を商品化するものに、少なからぬ違和感をもっていたけれど、これはいい。生まれてきてくれた感謝と祝福を静かに、豊かに伝えてくる。愛しさがこみ上げ、不覚にも涙が滲(にじ)んだ。

そして、ふと思う。このクマを戦争好きな政治指導者たちに送りつけたらどうだろうかと。ただの一人でも、心の奥底を掻(か)き毟(むし)られる者はいないだろうか。

サイン会

この三月（二〇〇六年）、東京と岡山でサイン会をした。『弥勒（みろく）の月』という本の出版を記念して、である。これは、わたしにとって初めての長編時代小説だ。ざっと筋を紹介すると……（え？　何気（なにげ）に新刊の宣伝しているって、わかりました？　だって担当編集者が、ちょっとでもチャンスがあったら、宣伝しまくることって、うるさいんだもん）。ともかく、サイン会を行った。これがけっこう、おもしろくて、楽しくて、大変だった。今まで何度も、サイン会の経験はあるが、今回ほどおもしろくて、楽しくて、大変だったことはない。

まずは、東京は新宿の書店さんで。わたしは自著に、その本に因（ちな）んだ短い一言と相手の方のお名前を書き込むようにしている。あっ、もちろんわたしの名前も（当たり前だけど）。書き込みながら、ほんの一言か二言、お話をさせてもらう。相手の方が質問とか感想を述べてくださることもある。わたしの読者層は、比較的若い世代の女性が多い。中高生もたくさん来てくださる。だから、話しやすいのだ。「今、何年生ですか?」とか「このお名前、なんと読むんですか? ……へぇ、すてきな響きですね」とか「本読むの好きなんだ」とか、会話ともいえない短いやりとりなのだが、わたしなりに楽しんでいる。

が、しかし、今回の場合、少し勝手がちがった。時代小説だからだろうか、年配の方がかなりの数来てくださったのだ。とても嬉しいけれど、少なからず戸惑ってしまった。なんと声をかければいいのか、見当がつかないのだ。「今、おいくつ?」というのも失礼みたいだし、「わぁ、可愛いお名前ですね」も変だし、「部活は何をしてるの?」も通用しない。しかも、どの方も年季の入った本読みという雰囲気を纏い、静かにわたしの手元を見詰めていらっしゃる。自慢じゃないが、わたしは悪筆だ。こんな汚い字でごめんなさい。心の中でひたすら謝る。

「わたしは、時代物が好きで、もう何十年も読んでますよ」

六十代と思しき紳士にぼそりと呟かれたときには、心臓が縮み上がった。できるならその場で平身低頭し、「すいません。この本、読まないでください」と叫びたかった。その衝動をかろうじて抑え、わたしはにこやかな、いや、かなり強張った笑みを浮かべたのだ。

そして、岡山。こちらは、最初から心構えをしていた。いろんな世代の方が読んでくださるなら、こんな幸せなことはない。と、自分に言い聞かせて今度こそにこやかな笑顔で席についた。

書店さんの宣伝が行き届いていて、かつ、サイン会が大都市ほど頻繁にないということで、二百人以上の方が集まってくださった。しかも『弥勒の月』だけではなく、わたしの他の著作全てサインＯＫということになっているらしい。一人複数冊のサイン。しかも、色紙あり、メモ用紙あり、軟式野球のボールあり……。ボールですよボール。わたしの傍らにいた編集者（『弥勒の月』の担当です）が、うーむと低く唸った。

「本のサイン会でボールにサインしたの、ぼくの知っている限りでは、あさのさんだけだなあ」

終了までに要した時間、二時間半。疲れました。でも、楽しかった。嬉しかった。おもしろかった。みなさん、ありがとうございました。

春爛漫

いい季節だ。心が浮き立つ。なんてったって春なのだ。木々は芽吹き、川辺は青々と草に覆われ、小鳥は楽しげに鳴き交わし、夜気には甘い花の香が混ざる。花粉とか黄砂とか、厄介なものも飛びはするけれど、やはり春だ。春です。

心は浮き立ち、身体は軽くなるわたしは、前にも述べたように自然崇拝主義者である。森羅万象、全てに神は宿る……と執拗に主張するまで、熱烈な信奉者ではない。ようするに、おばあちゃん子だったのだ。わたしの両親は共働きで、二人とも多忙だった。超がつくぐらい忙しかった。結果的に、わたしも姉も弟も、祖母という名の年寄りに育てられることになる。「おばあちゃん子三姉弟」のできあがりだ。

おばあちゃん子は三文安いといわれる。年寄りに甘やかされて育ち、躾ができていないと揶揄する格言（？）だと思うが、確かに当たらずといえども遠からずかもしれない。

　うちの姉ちゃんも弟も、三文どころか一両二分ぐらい安いみたいだ。翻って我が身を鑑みれば、とてもマトモではないか。品行方正、眉目秀麗、質実剛健、舌先三寸、軽佻浮薄、自己保身……（わっ、これでは、まるで政治家だわ）。ともかく、わたしは、おばあちゃん子にもかかわらず、とてもとても、すばらしくマトモな人間に育った（こんなことを書いてご姉弟の関係は大丈夫？　と心配してくださる読者のみなさん、ええ大丈夫です！　弟は日経新聞の愛読者ですが地域柄、夕刊は届かず、姉はわたし異常に、いや以上に経済の動向に疎いです。つまり、このコラムが二人の目に触れることは、まずないのです＊）。

　しかし、全国のおばあちゃん子のために弁明すれば、おばあちゃん子は、なかなかに貴重な存在だ。人が歳を経ていく意味も価値も知っている。親とは異質の愛を知っている。それは、ときに押し付けがましくて、古臭くて、慎重すぎて束縛に近いものにもなるかもしれない。けれど、愛にかわりはない。多様な愛を注いでもらった子を不幸せとは誰も言うまい。愛は多様であり、多様なくせにどれも必ず束縛と解放の二面をもつ。単純なくせに、人の心の迷宮ともなる。美しくもあり、おぞましくもあり……。

愛情談議は、またのこととして、わたしの祖母は特別信心深いわけでも、特定の宗教に入れ込んでいたわけでもない。長男を戦争で亡くし、わたしの母を育て、日々を忙しく過ごし、九十年以上の生涯を生き抜いた人である。わたしは、その人に自分の傍らに小さな〝神さん〟がいることを教えられた。花にも樹にも朝露にも神は宿る。自然とは偉大で豊かで、畏れ敬うものなのだと。これが、わたしの自然崇拝の原点となった。おばあちゃん子は自然と神さまが好きなのだ。

ただ、この国で「神」という一言は、とても胡乱な臭いを放つことがある。そういえば、ずっと前「神の国」発言で顰蹙をかった総理大臣がいた。あのころはまだ、神というより、その一言を口にする人物の胡乱さを見抜くだけの眼力をわたしたちは有していたのだ。ここ数年の眼力低下には唖然とする。むろん、自分を含めての。

神は、信じよと強制などしない。他の民族や国を滅ぼせとも命じない。それは全て人のなすことだ。神はただ、傍らにおわすだけだ。春爛漫なのに、戦乱は止まない。この世界が、おばあちゃん子で溢れればいいのにと思う。

＊弟にばれました。「おまえ、おれとネーチャンのことぼろくそに書いたな。ネーチャンに言いつけようっと」と脅されました。ネーチャン怖いです。

満開の桜によせて

先週末、どたばたと上京し、あたふたと仕事をこなし、どたどたと帰郷してみれば、故郷は桜の盛りになっていた。僅か三日間の留守の間に、川土手も山間も公園の一隅も、桜色に覆われている。菜の花も満開に近く、川面は光に煌めいて、流れは豊かだ。こういう風景を目の当たりにすると、いつもは文句たらたらの不便で閉塞的な田舎暮らしも、まんざら悪くないなと思ったりする。げんきんなものだ。

色彩の季節だ。これからは、花が咲き、山が萌え、光が眩しくなる。筍が出るし、蕨やぜんまいも採れるし、つくしも食べられるし……（食べられる？ すいません。なんで食べる方に流れるんでしょう）。

ともかく色彩の季節だ。岡山は言わずと知れた桃の産地だが、桜から約一週間遅れで、こちらも満開になるとか。桜より一際、赤みの濃い花々が山裾を染め上げる。岡山の白桃は美味しい。これだけは自慢できる。果汁がたっぷりで、果肉は柔らかく、芳香を放つ。一口、かじると口の中にコクのある甘味が広がって、まさに神仙の果実……（すっすいません。なんで食べる方にいっちゃうんだろう）。

ともかく色彩の季節だ。そんな季節の先駆けとして、桜は咲き、散っていく。古来、人が他のどんな花よりも桜を愛でるのは、春という美しい季節の到来を華やかに告げることと、風に惜しげもなく身を委ねる散り方に魅せられたからだろうか。

花の色は　うつりにけりな　いたづらに　わが身世にふる　ながめせしまに

久方の　光のどけき　春の日に　しづこころなく　花の散るらむ

小野小町と紀友則のあまりに有名な歌ではあるが、長い年月を経ても花の色の移り変わり、散りゆく風情に揺さぶられる心のあり方は、あまり変わらないのかもしれない。変わらないでほしいなあと思う。

潔く、換言すればあまりにあっけなく散り急ぐ桜にわが身を重ね、人の定めの果てに思いを馳せる。そのぐらいの深みがあってもいい。

あくまで個人の想いに拘り、思索し、ときに嫋々と歌などを詠む。

花とは何か、人とは何か、生とは何か……緩やかに深く思考を働かせる。二十一世紀の今、この国に生きるわたしたちに、最も欠けている部分かもしれない。そう、人は思索し、徹底的に個に拘るべきだ。個に拘るところからしか、真実の文化は生まれてこない。自分を含め、この国の大人と呼ばれる人たちは、ごく一部を除いては、真実の文化を生み出すことも、育(はぐく)むことも、できなかったし、その意思さえ持ち合わせていないような気がする。野蛮(やばん)なのだ。他者にぬけぬけと愛を強要するほどに野蛮で粗野(そや)だ。

「わたしを愛して」ならわかる。しかし、「この国をこの社会をこの○○を愛せ」と強(し)いることの蛮行。個に拘ることを、自己中心だとか我儘(わがまま)だとか一言で断罪し、均(なら)していこうとする愚行。そんなものが横溢(おういつ)した国から千年のときを経て、なおいきいきと永らえる文化が芽吹くとは、どうしても考えられない。

　桜は自然の理(ことわり)の内に咲き、散っていく。今を生きている証(あかし)のように咲き散るではないか。人もまた、惑(まど)いながら、思いあぐねながら、自分の生を自分のために生ききるべきなのだ。

　春に思う。

愛について

今日は風が強い。低気圧が近づいて、今夜遅くから雨になるそうだ。前兆としての湿った風が故郷の町を無遠慮に吹き抜けていく。

満開の桜を散らせてしまう風だ。無遠慮なだけでなく、無慈悲でもある。わたしの家の両隣は、空き家と空き地になっている。北側は昔、そう、ＪＲが国鉄と呼ばれていた昔、駅員の官舎が建っていたのだが取り壊され、駅からも駅員さんの姿は消え、十年以上前にただの野原と成り果てた。南側は、空き家。老夫婦が住んでおられた家だ。

書いていると思い出す。お二人とも、もの静かで、優しかった。隣に越してきた若い嫁（当時は、わたしも新妻だったのです。その前は娘さんと呼ばれてました。信じられないです。あのころは、「おばちゃん」と呼ばれて、即座に「はいよ」と答える自分の姿など、想像もしていませんでした。このごろは、「おねえさん」と呼んでくれるのは、閉店間際の魚屋のおっちゃんだけになりました）に、何かと気をつかい、町内の規則を細々と教えてくれた。

ゴミの出し方、近所の慶弔時の付き合い方、祭りの準備……。田舎というのは、案外に束縛が多い。地域、地域で風習や人付き合いの方法が微妙に異なる。車で十分足らずの隣町から越してきただけなのに、戸惑うことは数多あった。ダンナは歯科医院を開業したばかりでやたら忙しく、わたしはわたしで、新妻の生活に慣れるのに懸命だった。

今なら、他人がどう思おうが、どう見られようが気にもならず、「へへん、好きにしな」と、どっかり開き直ったりもするのだが、なんといっても新妻である。初々しいのだ。可愛いのだ。ひらひらのデザインエプロンが似合ったりするのだ（このあたりについては、ダンナからかなり異論が出そうですが、無視、無視）。周りに笑われまい、注意されまいとコチコチに肩に力が入ったわたしを隣家のおばあさんは、丁重に付き合い、生活上の大切な諸々をそれとなく教えてくれた。支えてもらっていたのだと、今更ながら、しみじみと思う。

そのおばあさんが倒れ、唐突にかき消すように亡くなられてほどなく、おじいさんも鬼籍の人になってしまった。二人が何十年の年月を暮らした家は空き家となり、風雨に曝されて日一日と荒廃している。

わたしにとって、日本という国は、高層ビルの林立する大都会でも千年の歴史を誇る古都でもない。名もない人々が細々と生き、ひっそりと息をひきとる、誰も知らない小さな町のことである。

「国を愛する心」を育めとお偉い方は言う。問いたい。あなたにとっての国とは、何ですかと。老夫婦のような、わたしたちのような者が身を寄せ合って生きる中央から遠く離れた町を、景気の回復など雲上の出来事で、主要産業だった農業も林業も廃れ果てた町を、あなたはほんとうに愛してくれるのかと。

桜を散らす風のように、無慈悲に切り捨ててきたのは、あなたたちのくせに、愛しているなんて本気で言えるのですか。だとしたら、「愛する心」とは、なんと薄っぺらな紛い物だろうか。

生きた人間の体温や匂い、想いの伝わらない国家とは何なのだろう。生身の人間の介在しない「国」を愛せとの言葉は、とてもとても恐ろしい気がする。

恋の効能

この前からぐだぐだと繰り言ばかり並べていたら、自業自得とはいえ気分が滅入ってしまった。こういうときは、仕事をしてもうまくいかない。美味しいものを食べて、温泉に入って、野球中継でも観て、さっさと寝るにかぎる。この完璧なオジサンパターンの生活こそが意外に疲労回復の早道なのだ。

さあ、食べて、風呂に入って、寝るぞ。オジサン化したわたしは、風呂上がりにお腹をペチペチ叩きながら、胃の中まで見通せるんじゃないかと思えるほどの大口を開けて、欠伸などをしてみる。それでも、まあ、一応、物書きの端くれ。本の一冊もちょろっと読んでみるかと、乱雑に積み上げた本の山に手を伸ばす。

本と恋は、よく似ている。運命のように出会うのだ。出会ったとき、微かに心が揺れるだけのこともある。仄かな恋。激しく揺さぶられ息が詰まるほどの想いに襲われることもある。灼熱の恋。

その夜、わたしが手にした本は、慈雨のように心に沁みた。心を揺さぶるのではなく、潤し、温めてくれる。そのくせ、甘くない。妙にリアルだ。華やかさに欠け、今風のお洒落な言い回しなどどこにもない。なのに、美しい。慈雨が美しいように、美しい。魅惑的な本物の恋そのもののような一冊だ。

『わたしの、好きな人』（八束澄子著、講談社）。パジャマ姿でごろりと横になっていたわたしは、いつの間にか身を起こし、座りなおし、両の手でしっかりと本を握っていた。指がゆっくりとページをめくっていく。先へ先へと急かすのではなく、一文を、一節を、一言を心に留めようというように、物語は緩やかに流れていく。少女の恋の物語だ。少女の恋の物語など、巷には溢れている。うんざりするほどだ。傷ついた少女の快復の物語、自分の心と肉体をもてあましながら、真実の愛を求める物語、浮遊する恋にお洒落に纏い付く物語……。

うん、確かに少し食傷ぎみだな。だいたい昔から恋愛小説は好みじゃない。恋愛より殺人の方がずっとおもしろい。恋をして成長していく少女より、欲望のままに相手を殺して自らも滅びる女の方に幾倍も惹かれる。今でもそうだ。せつなくて純な恋など、ちゃんちゃらおかしい。きれいなだけの玩具だよ、そんなもの。と、ひねた中年のわたしは思う。

しかし、いや、だから言う。『わたしの、好きな人』はきれいなだけの玩具じゃない。明らかにちがう。恋をするのは十二歳の少女。恋されるのは中年の男（といっても三十代だが）。この組み合わせなのに、十二歳の少女の想いは少しも浮ついていない。ふわふわと浮遊することも、はかなく落花することもない。彼女は両の足をしっかりと地につけ、父親ほども年上の男を愛する。

少女は恋をして女になるのではなく、生まれ落ちたそのときから、内に女を抱え込んでいる。ふっとそんなことを感じてしまった。少女の内の艶やかな魔性と日々の生活を愚直なほど真っ直ぐに生きる姿とを作者は丹念に丹念に追っていく。この人もまた、身の内に少女と女をきちんと抱いているのだろう。世の中の偉いオジサマ方、権威の上にふんぞり返っているより、十二歳の少女に真剣に恋されるほどに己を磨いてみませんか。

取材旅行

秋田は角館に行ってきた。残念ながら、桜は開花が遅れに遅れ、まだ固い蕾だったけれど、雪を抱く山々のふもとに水芭蕉が咲き、フキノトウがこれでもかというぐらい群生している。ふと見上げた、まだ一輪の花もつけない桜の枝々にオオルリだろうか、瑠璃色の美しい小鳥が止まっていた。

うん、やっぱり東北の春は美しい。独特の清冽さがある。食事も美味しいし、お酒も美味しいし、きりたんぽも……いや、ちがう。わたしは、別に東北の春を満喫しようと旅に出たわけではない。仕事です。

で、なんの仕事かというと、武家屋敷の取材です。『弥勒の月』という時代小説の続編のための取材だ（別に、ここで本の宣伝をしようという下心がないわけではないような……あります。すいません）。

一作目は、お江戸が舞台だったので、どちらかというと裏長屋や商家が主な舞台となった。今回も、そのつもりだが、頭の中に武家の屋敷内で対峙する二人の男の姿がふと浮かんだのだ。一人は脇息にもたれ、一人はやや離れた薄暗闇に跪いて。それが、これからわたしが書こうとしている物語の一場面であることは確かなのだが、場面は場面にしかすぎず、彼らが何を語り、どう動くのか摑めない。紗を一枚かぶせたように、細部は見通せず、輪郭は朧だ。

次に、まるで別の場面が浮かぶ。春爛漫の川土手を腕組みをして歩く男がいる。刻はすでに夕に近い。淡い光に満開の桜が白く浮かび上がる。妖艶、豪奢な、それでいてどこか儚い風景だ。わたしは男の眼差しに重なり、頭上の桜を見る。はらり、はらりと花弁が散っていく。男の肩に花弁が散り、男は何かを呟く。その呟きが聴き取れない。まだ、わたしの耳に届いてこないのだ。その次には、商家の店前が見える。何か揉め事があったらしく、手代や番頭が騒いでいる。赤い襷の女もいる。次は……。

場面はいくつもいくつも浮かび、消えていくのに、鮮明にはならず、この場面が物語の流れのどこに、きちんと納まるのか、見当がつかない。呟きは聴こえず、細部は見えてこない。

こういうとき、かなり焦る。ちりちりと身の内を炙られるようだ。浮かんだ場面を闇雲に文章化したこともあったけれど、やはり、どこかぎこちない。

ちがう。わたしの見たものは、これではない。書くべきものは、これではない。焦りと苛立ちに、ぎりぎりと奥歯を嚙み締めねばならなかった。歯医者の女房なので、歯はまあ丈夫だ。それでも、嚙み締めてばかりではいずれガタがくる。それじゃたまらんと、現状を打破するべく旅に出ることにした。現場百回は捜査の鉄則ではないか。

泣きついた物書きを哀れに思ったのか、心優しい編集者が角館の武家屋敷を夜、ちょうど戌の刻（午後八時）のあたり、特別に見学できるよう取り計らってくれた。主が客と向かい合うための座敷に通される。闇と静寂。その中に座す。胸の中で蠢くものがある。それがどんな物語となるのか。わたしは大きく息を吸い、闇に目を凝らした。

摑み、書き、書き上げる。そこに行き着けるのかどうか、やっと一歩を踏み出したところだ。

風薫る日に

　函館の桜が開花したとのこと。「日本列島、桜を追って旅をする」というのは、趣味がカメラと猫いじりというわがダンナの弁だ。

「あら風雅じゃが。すてき、すてき」と単純に同意を示していたわたしだが、「日本列島桜旅」なんてされた日には、半年近く帰ってこないことになるのでは……と、テレビで桜の蕾(つぼみ)が風に揺れ、どこか寒そうな函館の風景を見ながら考える。いかにも寒そう。まだ春の先っぽが届いたばかりなのだ。それでも木の下に集(つど)う人たちは心底、嬉(うれ)しそうに笑っていた。

　酒が飲みたくて、騒ぎたくて桜を利用する不徳な輩(やから)とちがって、北国の人々は桜の花を真剣に待って、待って、待っていた。そんな笑顔だ。今年のように雪害にまみれた冬なら、なおさら春の大使を待ち望んでいただろう。

こういう笑顔に会えるなら、日本列島桜旅もまんざら悪くはないかもしれない。などと、思ってしまった。それからふと、男って放浪が好きなんだなあと、脈絡もなく思いが続く。何かを追ってふらふら、何かを探してふらふら、何も追わず、探さず、ただふらふら……。うん、きっと男は放浪が好きなのだ。浮雲のように、波間の小舟のように、ふらふらとふわふわと気ままに漂うことに焦がれ続けている。そんな気がしてならない。

いくら焦がれても人は人。雲にも小舟にもなれなくて、しがらみばかりが多くなる。地に足をつけ、仕事があり、家族を持ち、誠実に懸命に生きていくことを強いられる。それはちっとも悪いことじゃないけれど、どこか心が冷えていく。放浪の欲望が疼く。鈍く疼き続ける。そういうことって、あるのではないだろうか。

西行、芭蕉、山頭火、山下清……。歴史に名を留める天才たちには遥か遥か及ばなくても、桜に誘われてふらふらと日常から逸脱する。そのくらいの冒険、いつかやってみたいと心ひそかに夢見ている、あるいは決意している人、案外、多いのでは。

わたしはそういうことは望まない。女だからか、ずぼらだからか、日焼けが嫌いだからか、自分でもはっきりとわからないけれど（こういうことは理屈でなく、感覚なのかもしれません。よーするに、わたしは動き回りたくないのです）、日本列島桜旅より、家でごろごろ食っては寝る日々の方が好きなのだ。性に合っている。山に囲まれた我が家からは、四季の移り変わりが一目瞭然だ。今は初夏の風景が広がる。

緑、黄緑、萌黄、針樅、鶯、千歳緑……木々により、時間により、天候により、山の色は移り変わる。花爛漫の風景もいいけれど、様々な緑に彩られる光景もまた美しい。若いすっきりとした美しさがある。

家でごろごろ、緑を愛でる。桜旅よりいいじゃない。お金もかからないしと、根っから貧乏性の物書きは考えるのだ。

ただ、放浪は否定しない。せめて、いやむしろ心の放浪だけは、忘れないでほしい。自由に、思いのままに、心を解き放ってほしい。

こうあらねばならない。こうしなければならない。男だから、女だから、大人だから、子どもだから、日本人だから……。そんな偏屈な縛りから自分を解放してみてほしい。風薫る季節だ。薫風とともに心を漂わせてみよう。

猫ばなし

去年の暮れ、我が家に一人、いや一匹、家族が増えた。雄猫のアルである。思い起こせば、二十年近く前、小学校に入学したばかりの長男が下校の道端で拾ってきた三毛猫を皮切りに、我が家に三カ月以上猫の姿の絶えたことはない。

斑、縞、三毛、ぐちゃぐちゃ（娘が溝で鳴いているのを拾ってきて、わたしがそのままミゾと名づけた雌猫は、何というか白と黒と茶の毛色がぐちゃぐちゃに混ざっている、何とも情けないというか、おかしいというか、ヘンテコでぐちゃぐちゃとしか言い表せない猫でした。娘が上京してしまってから一月も経たない間に、ふっと出ていき、そのまま帰ってきませんでした）……と多種多様である。多種といっても、全て拾ってきたか、貰ってきたかの猫なのでミックス、昔風に言えばただの雑種なのだが。

最盛期（？）は、生まれたばかりの子猫を含め六匹近くがひしめいていたのに、あるものは他所へ貰われていき、あるものは命を終え、晩秋の葉が散るように消えていって（ミゾは、黙って出ていっちゃうし）、最後に残っていた空も昨年の秋の終わりに彼岸に行ってしまった。空は、これまた娘が小学生のとき、臍の緒のついたままゴミ袋に包まれて、他の兄弟姉妹とミャウミャウ鳴いていたのを拾ってきた（兄弟姉妹の内、生きていたのは空を含め三匹。一匹は翌日、昇天。薄茶の毛をした一匹は友人の家に貰われココアと名づけられたとか）。

真っ白な毛並みと、名前の由来ともなった碧眼を持つ美しい猫だが、人も猫も同じようで、美しいものは得てして、性格がひねくれる（断定していいのでしょうか？）。空は、権高な嫉妬深い我儘な、しかし、美しい猫だった。美猫の宿命なのか、性格の悪さゆえの祟りなのか惨い死に方をした。毒を食らったのである。贅沢なやつで、海老と、ちくわと、から揚げが好物だったし、疑り深いことこの上ない質でもあったのに、どこで毒など口にしたか。今でも無念で、多量の血を吐いて果てた姿が時折、浮かんだりもする。

昔、昔、この地方で養蚕が盛んなころは、蚕を襲う鼠を狩る生き物として重宝されていたらしいが、今、お蚕さまを飼っている家など皆無だ。猫は愛玩用に成り下がり、ときに、畑を荒らす（トイレのために、畑を掘り起こし、撒いたばかりの種や苗に被害を与えるのです）嫌われものにまで堕ちた。畑は大切だ。荒らすものは許されない。それで、毒だんごや罠が仕掛けられることになる。非情だと責めるだけで事はすむまい。農家にすれば、やや大げさに言うと死活問題ともなるのだ。動物愛護の立場からだけで論ずることはできない。それが、田舎の現実だ。豊かな自然と人情がまだ残っていると、テレビの旅番組が、異口同音に称える田舎の現実の一端でもある。

空がそんな死に方をしたので、わたしは断固決心した。

「もう、金輪際、猫は飼わない」

決心してから三カ月後、東京住まいの次男が、猫を連れて帰郷した。土産はないのに、猫がいるのだ。ありえない。さらにありえないのは、こいつがやたら可愛いチョコ色の子猫だということ。くりくりした目をしてニャンなどと鳴く。たまらない。かくて、猫との日々は復活した。寿命を全うしておくれ、アル。

自惚れ鏡

たった今、書き下ろしの原稿を一つ、何とか書き上げた。バンザイである。原稿を書き上げた後ほど、爽快な時間はない。天下を取った気分だ。自分を偉大だと思い、解放感と万能感に充たされ、ヘンテコな薬などに頼らなくても、かなりのハイテンション、高揚できる。

猫にキスをして、犬の鼻の頭を舐めたりしてしまう。突然、ゴミ、埃だらけの部屋の大掃除を始め、いつもは、適当にごまかす夕食の献立にやたら凝ったりしてしまう。

庭の花壇の手入れもするし、手紙の返事をせっせと書いたりもする。要するに、鬱積したエネルギーが四方八方に拡散、発散されるのだ。

そういえば、やたら美容院に行ったり、化粧品を買うのもこのときだ。いつもは、髪の毛ばさばさ、すっぴん、スウェット姿（しかも数年前に購入したものなので、すごい毛羽立っているし、色褪せてもいます）で仕事をしているので、鏡を覗き込むのは禁止行為なのだが、精神が高揚していると何でも前向きに考えられる。

「あらっ、案外、あたしって可愛いじゃない」

などと、かなり本気で口走り、周りから顰蹙、失笑、苦情、罵声を受けることになる。が、原稿を書き上げた物書きほど強く鈍いものは、ない。鏡に映った自分がほんとうに愛らしく見えるのだ。

　わたしは嫁入り道具の三面鏡をいまだ使っているが、これが、極め付きの自惚れ鏡だった。つまり、実物より、いささか美しく映る。別に、特別な仕掛けがあるわけではない。部屋の電灯が古くて、照明が薄暗いうえに、めったに磨いてやらないものだから、鏡の面が汚れて、くっきりと映らないだけだ。

　曖昧でぼんやりしていることは、なかなかに心安らぐ。小じわもシミもぼやけてしまう。けっこうなことだ。それでいい気分になれるのなら、自惚れ鏡も悪くない。

　ただ中年末期の物書きが一人、覗き込み、喜んでいる分には、害はないけれど（哀れではあるが）、これが世間に蔓延るとなると笑ってもいられない。このごろとみに、自惚れ鏡が増えてきた。そう思えてならない。

真実の姿をくっきりと映し出さないのだ。今、この時代の諸相を僅かも歪めず、隠さず、そのままに照らし出すものがない。新聞も報道番組も識者のコメントも、どこか自惚れ鏡のように本来映し出すべき像を曖昧に、ぼかしているのではないか。それは、表面が曇っているからなのか、光が暗すぎるからなのか……意図的にぼかしているのか。

諸相の鮮明さを嫌う者は多い。たとえばイラクでの戦いとはなんであったか、たとえばこの国の繁栄とはなんであったのか、たとえば歴史と外交はどう絡まりあうのか、たとえばこの国でわたしたちはほんとうに幸せになれるのか……。

今、わたしたちが抱え持つ、あるいはわたしたちに押し掛かる諸々の問題を、わたしたちは、自分の目でしかと捉えているのだろうか。自惚れ鏡は恐ろしい。紛い物の姿に満足し、自分の真実の素顔を見失う。

鏡を磨こう。せめて、己の内にある鏡を磨き、少しでも真実に近い自分や他者を、国や世界を見詰めなければ、目を凝らし続けなければ。

花橘の……

　五月が過ぎていった。ふと気がつけば、空も川面も山の辺もすでに夏の気配を孕んで煌めいているではないか。仲夏というのは陰暦五月の異称らしいが、なるほど五月が過ぎればそこはもう、夏の只中となるのだなと、頭上で鳴き交わす燕の声に思ったりする。そして、なんだか、のんびり空を見上げる時間も、川面の光を眺めるゆとりもなかったなと、がらにもなく我が身を振り返ってしまった。

　日々の雑事や仕事に追いまくられ、季節の推移にさえ疎くなるようでは、情けない。それでなくとも加齢にともない鈍磨する一方の感性が、ますます萎えてしまう。

　日々の移ろい、季節のざわめき、吹く風、咲く花、降る雨に、心を動かされないようでは物書きとしての将来は危うい（心を動かされたからといって、危うい状態から脱け出られるとも限らないのですが）。

五月まつ　花橘の　香をかげば　昔の人の　袖の香ぞする　よみ人しらず

昔の恋人、思い人、仄かに心を寄せはしたけれど、思いを告げることすらも叶わなかった人……かもしれない。その方がすてきだなと、若いわたしは思っていた（けっこう、ロマンチストだったのです。今なら、恋はともかく当たって砕けろさ、ダメモトでええじゃないかなんて、息巻けるほど逞しくなってしまいましたが）。橘の芳香が、袖にたきしめられていた香りを呼び覚ましたというこの歌は、高校のとき古典の授業で知ったのだが、知ったそのときからン十年の年月が経った今でも、五月になると時折、思い出して、ちょっとせつなくなったりする。

橘の香りはそのまま花橘のごとく美しい女人に重なり、その美しさも奥ゆかしさも揺蕩う色香も、すでに遠く過ぎ去ったもの、二度とこの手にできぬものなのだと、凛々しく麗しい若者（やはりこの場合、きりりと若く、若い故の哀しみを湛えた男でないと、さまになりませんから）が嘆息する。それも、ああ、ああと声をあげての身も世もない嘆きではなく、翳りのようなせつなさに佇み、静かに息をつくのだ。うーん、韓流ドラマも真っ青のロマンチックな恋ではないか。秘めてこそ、失ってこそ、恋は恋のまま成就するのかもしれない。

ともかく、花の香に誘われて昔の人を思い出すぐらいの感性はもっていたいと、思う。それで、まずは橘の香りでも嗅ごうと犬を連れて散歩に出ることにした（散歩は日課なのですが）。この歌が陰暦であることを忘れ、橘が暖地の沿岸部にまれに自生する日本特産種のミカン科の常緑低木であることも知らず、山道を歩く。

山に囲まれた田は、もう田植えが終わっていた。水を引いた田が広がると、見慣れた風景が見知らぬ湖沼地帯のようにも映る。初夏の一時にだけ現れるこの風景が、わたしは好きだ。それにしても、ずいぶんと荒れた。休耕田も主の去った空き家も目立つ。わたしの住む町は、景気回復の掛け声とはうらはらに確実に衰退しているようだ。

歌よみが幇間の如く成る場合場合を思ひみながらしばらく休む

土屋文明の歌が浮かぶ。橘の香もいいけれど、時代におもねり時代を見据えようとしない幇間じみた精神の腐臭にこそ、気がつかねばならないときなのかもしれない。

ともだち

　この前、東京に出ている娘と長電話をしていたら（通話記録によると、五十一分十五秒、しゃべくってました。あな恐ろしや）、なんの拍子か友人関係の話題になった。

　娘曰く、「わたしは、運がええ人間」なのだそうだ。二十一歳になろうとする現在まで、友達にだけは恵まれたと言いきるのである。「友達にだけは」の「だけは」の部分が何かしらひっかかりはするが、まあ、辛いと嘆かれるより、苦しいと訴えられるより、「わたしは運がええ」とさらりと言われる方が百倍も嬉しいのが親心である。

「中学のときも、高校のときも、今も、一緒にいて楽しい友達がおるもんな。こういうのって、めぐりあいみたいなとこあるでしょ。運がええんよな、あたし」

「やっぱ、あたしの人徳よな」

「うーん、そうかもな」

娘よ、徳とは人の品性のことなのだ。おまえのどこに、徳がある。と、いつもならつっこむのだが、自分の過去も今現在も軽やかに肯定できる言葉の快さに、つっこむより先に笑ってしまった。勉強が大嫌いで、オバカの上に超と大が並ぶような子だが、生きることを楽しみ、己を受容するしたたかさと寛容さだけは、きっちり身につけているらしい。逞しいことだし、めでたいことだ。うん、めでたい。実にりっぱに育った。これは、ひとえに、母であるわたしの人徳によるところが大と言えよう。うん？　しかし、待てよ……と、賢母たる（決して良妻とは言いません）わたしは、首を傾げる。

娘の友達って、そんなに良質なやつらだったっけ？　類は友を呼ぶとの格言通り、娘の友達は、みな娘と同レベルの、つまり、オバカの上に超と大がスクラムを組んで踊っているような連中ではなかったか？

世間的な見方という眼鏡をかければ、とても誉められた輩でも、親が誇りにできる子どもたちでもない。むしろ、良識のある大人、全うな大人、あるいは自分を全うだと信じて、少しも疑わない大人からすれば、明らかな矯正対象になる若者たちだ。髪は黒くないし、ピアスの穴はやたら開いているし、制服のスカートはこれまたやたら短いし、駅のホームで何時間もしゃべっているし（これは、一時間に一本しか列車が来ないという事情もあるのですが）。

ともかく、「困った子たち」なのだ。わたしも、先生に呼び出され、近所のおじさん、おばさんに陰口をたたかれ、正直、娘にも世間にも自分自身にもうんざりした時期があった。ごちゃごちゃ、どたばた、じたばたと足掻きながら、その時期を泳ぎきり（溺れそうにはなりましたが）、今があるのだが、その今、わたしは幸せだったと娘に言いきられ、改めて、しょっちゅう我が家にたむろしていた若者たち一人一人の顔を思い浮かべてみる。そんなに良質なやつらだったっけ？

良質な仲間だったのだ。世間という眼鏡を外し、良い子の枠から我が眼差しをずらして見詰めてみると、とても良質な若者たちなのだ。少なくとも、娘にとってはかけがえのない最良の面々だった。娘よ、きみは確かに運が良い。ラ・ロシュフコーの箴言をきみに贈ろう。

真の恋がどんなに稀でも、真の友情よりはまだしも稀ではない。

（『ラ・ロシュフコー箴言集』二宮フサ訳、岩波文庫）

猫のしっぽ

猫のしっぽの物語を書こう。突然に思い立った。理由は、我が家の飼い猫のしっぽがとても、りっぱだからである。もともと、東京生まれのカレは（雄です。でも、先月、去勢手術をしちゃいました）、息子（次男の方です）のカノジョの知り合いの行きつけの居酒屋の裏路地で、生まれたらしい。生後二カ月で、息子とともに空路、岡山入りして、アサノ家にやってきた。以前にもちらりと書いたけれど、チョコレート色の愛らしいやつだ。まず、ダンナが陥落した。「う〜可愛い」と、毎日、頬擦りなんかしている。

東京でこの話題になったとき、「おれ、親父に頬擦りなんかしてもらったこと、あったっけ?」と息子（長男の方です）が首を傾げた。「あんた、親父に頬擦りしてもらいたいわけ?」「絶対、嫌です」「だよね」「おかんは、頬擦りしてもらったことあんの?」と息子（次男の方です）。「二十年前に一度あるかも。くそっ、あたし、猫に負けてんのか」（わたし）、「えっ、おかんは頬擦りしてもらいたいわけ?」（次男）、「全くもって、ご勘弁願いたい」（わたし）、「まっ、親父も同じ気持ちじゃよな、きっと」（長男、ため息）、「なによ、それ」（わたし）、「いや、バランスとれてて、いい夫婦じゃなと思うて」（長男）……と、親子の微笑ましい会話が、延々と続いた。アサノ家は、平和である。

ともかく、その猫、裏路地で生まれた父親もわからぬ身であるにもかかわらず、しっぽがとても、りっぱだ。見ていて、惚れ惚れする。真っ直ぐで長くて、チョコレート色の濃淡の縞模様のしっぽ。りっぱな猫のしっぽほど、創作意欲を刺激するものはない。創作意欲を刺激され、わたしは猫のしっぽの物語を……いや違う。りっぱなしっぽの猫の物語を書こうと閃いたのだった。すごいりっぱなしっぽの猫と、ぼけっとした人の良い犬（犬の良い犬?）と、しっかりものの雌猫の物語だ。しっぽ猫は少年で、ぼけっとした犬は中年で、しっかりものは老女である。人生（猫生）を知り尽くした老猫と、人生（犬生）にちょっと疲れてはいるけれど食欲旺盛な大型犬と、見るもの聞くものが珍しくて、楽しくてしかたのない少年しっぽ猫の冒険だ!

をすすりながら、一言。

「どうよ、これ？」。意気込んで、プロットを説明したわたしに、悪友はラーメンをすすりながら、一言。

「ありがち」

くそっ。素人に相談したのが間違いだったと気を悪くしたが、豚骨味噌ラーメンがかなりの良い味だったので、食べ終えたころには幸せ気分になっていた。それでも、物書きの端くれなので、ラーメンにごまかされず、いつか『少年しっぽ猫の冒険』を上梓したいと目論んでいる。それにしても、猫というのは不思議な生き物だとつくづく思う。

昨夜のこと、しっぽ猫が友人（友猫）を連れてきた。トラ猫である。うちの庭先に座り、わたしの顔を見るなり「ミャオゥ」と鳴いた。挨拶しているのだ。躾の行き届いたお家のご子息のようだ（捨てられていたみたいだけれど）。餌をやろうと、顔を覗き込み、息を呑んだ。ものすごく美しい双眸をしていた。知性がある。諸事万端を見据え、思考しようとする知力が宿っているのだ。この国の大半の大人から消えて久しい知性の光だ。猫は餌を食べると身を翻して、闇に溶けた。

うーん、本気で『少年しっぽ猫の冒険』にとりかかろうかな。

六カ月って

みなさん、あけましておめでとうございます。

と、最初の一文を書きだしたときから、はや半年近くになる。あのころ、花や実はもとより葉っぱ一枚ついていなかった木々の枝に今は、びっしりと青葉が茂り、風に揺れている。そう半年前、まだ冬の只中にわたしはいた（わたしだけじゃなくて、この国の大半の人がいたとは、思いますが）。覚えている。山々は朝、霜に覆われ、白く輝いていた。ひどく凍てついた朝方、川岸近くでは流れさえ凍り、お調子ものの雀たちですら、身を寄せ合って黙り込んでいたではないか。それが今は、間もなく夏本番を迎えようとしているのだ。山は猛々しいほどの緑に埋まった。エメラルド・グリーン、翠、深緑、裏葉色、常磐緑、薄荷色、萌黄色……。名前も定かでない山々は幾種類もの緑に埋まり、存在感を増し、ときに圧するようにわたしたちの眼前に聳え立つ。川面に群れをなしていた鴨に代わり、空には燕が幾羽も飛翔している。夜半、遠くから響いてくる声の主も、鹿からアオバズクへと代わった。季節は確実に移ろい、自然は季節ごとに鮮やかに姿を変化させる。

半年、六カ月、長いのか短いのか、わたしには判断がつきかねるけれど、半年前と今と、風景はあまりにちがう。そのちがいを当たり前だと言ってしまえばそれまでなのだが、当たり前だと言いきることもできず嘆息などしている自分がいる。半年間の己の人生を振り返ってみる。来し方に心を馳せてみるのだ。それはまた、行く末に想いを飛ばすことでもある。冬の只中から夏のとば口に立つまでの時間、わたしは何をしていただろう。どんな人たちに出会ったか、どれくらいの本を読んだのか、どれほどの文章を書いてきたのか、どのような景色に心を動かされてきたか。生まれてきた命、逝ってしまった知人、失った想い、手に入れた知識。

わたしの半年には、わたしなりの様々なものが、思いの外ぎっしりと詰まっているではないか。極めて個人的で、ささやかな出来事ばかりかもしれない。でも、貧乏性が染みついた身にすれば、何でもぎっしり詰まっているのは嬉しいものだ。

いつもなら、除夜の鐘を聞きながら、束の間、ほんの束の間、心に浮かぶだけの来し方、行く末を一年の折り返し点、夏の始まりに考えてみるのも悪くはないかもしれない。

　このコラムで、わたしはわたしの心と身体の周りにあるものをつらつらと……ではなく、もたもた、じたばたと書き連ねてきた。読み返してみて、正直、「まっ、こりゃあ、愚痴と独善のオンパレードだね」と自分自身の声が聞こえないでもない（聞こえないふりができるほどに、わたしは大人なのですが）。それでも、あのときのあの想い、このときのこの感触を足がかりに、わたしは、わたしの言葉を紡ごうとしていたのだと思いいたる。

　どのような稚拙なものであれ思考することは尊い。思考し、思考し、思考を重ねる。己について、他者に対して、国家や世界に対峙して思考の翼を広げる。雨滴が岩を穿つように、少しずつ自分の精神を掘り下げていく。風景のように劇的に変化しなくても、僅かずつ美しく成長する。そんな大人になりたい。若い人たちに、大人の思考する姿を見てもらいたい。

　夏雲を見上げ、そんなことを思うのだ。

第三章 人生はめぐる

小さな風景

昔から体験記というものが好きだった。それも、誰もが「ほお」と感嘆したり、賞賛したりする美談や冒険譚より、眉唾というか、ええ？　ありえないでしょ、そういうこと、と思わずつっこみたくなるようなものが好きで、好きで、たまらなかった。すなわち――。

わたしは、三年前の真夜中、山道を車で走っていたとき、突然未確認飛行物体に遭遇したのです。青紫の閃光に目が眩んだとたん何もわからなくなりました。気がつけば銀色に光る壁に囲まれた部屋で、やはり銀色に光る台の上に寝かされていたのです。身体全体がぼんやりと輝いている不思議な生き物がわたしを見下ろしていました。彼は（彼女は？）わたしの頭の中に直接、語りかけてきたのです。

自分たちは銀河系の外から来たもので、地球について様々な調査を行っている。

ついては、あなたの身体を少し研究させていただきたい。決して危害は加えないから、心配しないようにと。それから、様々な色の光がわたしの身体を照らしました。最後にまたあの青紫の閃光が走り、わたしは再び、気を失ってしまいました。目が覚めたのは、自分の車の中でした。時計を見てびっくりしました。最初、閃光に目が眩んだときから、一分も経っていなかったのです、とか、密林で白い毛に覆われたサルのような不思議な生き物に襲われ、肩を噛まれた。傷は深くなかったが、数日後、その場所から白く長い毛が生え始め、身体中に広がっているとか、突然、古代エジプト人の魂が乗り移り、ミイラの作り方を書き留めるように言われたとか、今のわたしなら、笑う気にもならない類のものだ。

わたしの子ども時代は、漫画雑誌が隆盛期にさしかかる一歩手前の時期で、各誌には漫画とともに、宇宙人に攫われた男や不思議な生物に襲われた若者や古代エジプトのミイラ職人に乗り移られた中年女性などの体験記が写真や挿絵入りで載っていたのだ。

わたしは興奮した。世界というのは広いのだと心底、思った。わたしも、いつか摩訶不思議な奇想天外な体験がしたいと本気で願った。

平凡な、ごく平凡な、取り立ててこれと断言できるほどの取り柄も持たない少女は、その平凡さ故に、非凡な、並外れた、何だか馬鹿馬鹿しくて、でも個人の資質とか努力とかに全く関係なく、ぽかんと空から落ちてくるような稀なる体験に憧れてしまったのだ。

月日は経って、季節はめぐり、平凡な少女は、平凡なまま歳を重ねて、平凡な中年の女になった。漫画雑誌を片手に空を仰いだときから、ン十年、未確認飛行物体にも出会わず、密林にも行かず、誰の魂の声も聞かずに時は過ぎていったのだ。

中年のわたしは少女のわたしより、思慮分別の力がつき、世間を知り、諦念という言葉がけっこう好きになり、一途に夢見ることも、妄想に浸ることもなくなった(いや、妄想癖は直ってないかも)。空を見上げての嘆息はしばしばするけれど、たいていリアルな問題のためだった。

不思議は起こらない。つまらないなあと、わたしは呟き、でも何かとんでもない目に遭ったら困るよなあと、妙な納得を自分に強いる。そんな日々の朝、あの蛇に会った。

二月の早朝のことだ。わたしは犬を連れて、いつも通り散歩に出た。川土手から山道を抜ける一時間弱の道程である。川面に鴨が群れていた。霜が降り、朝日の当たる場所だけ融けかかっている。足が止まった。幅一メートルほどの川土手の道に一匹の蛇が横たわっていたのだ。かなりの大きさだった。わたしは、爬虫類がけっこう好きで、毒さえなければ蛇でも蜥蜴でも素手で持てる。保育園の保護者会でたまたま室内に入り込んだ蜥蜴を素手で持って窓から逃がしたが故に、お母さま方から大いに顰蹙をかった経験まである。しかし、知識があるわけではなく、そのとき、足元に長々と横たわる蛇がなんという種類なのか知らなかった。種類などどうでもいい。名前など、知らなくていい。わたしは、川からの風に身を縮めながら、なんで、なんで、と声に出していた。

なんで、蛇がおるわけ……。

二月である。真冬だ。真冬に蛇が何故、ここにいる。

蛇は動かない。仮死状態なのか、すでに死んでいるのか。だとすれば、冬眠中を誰かに、何かに掘り出され、真冬の川土手に放置されたのだろうか。青灰色の体色に黒い筋の入った美しい蛇だった。しかも全身を霜に覆われている。光を受けキラキラと煌めく霜の蛇。枯れきった草の上に横たわる真冬の蛇の、なんと美しいことか。わたしは、ゆっくりと一つ息を呑み込む。

犬が焦れる。早く行こうと主人を急かす。わたしは、蛇をまたぎ歩き出す。

次の日、蛇はどこにもいなかった。何故か思わず見上げた雪雲の空に、鳶が舞っていた。鴨のいない川面すれすれをカワセミが、真っ直ぐに飛び去っていく。昨日、あれほど煌めいた蛇は、どこから現れ、どこに消えたのだろう。

日々の変哲のない時の中で、謎というには大仰な、小さな小さな不思議な風景に出会う。それが、今のわたしの生活だ。ここから、心騒ぐ物語を生み出したい。生み出せるんじゃないか。霜に煌めいた一匹の蛇に出会ってから、そんなことを、考えるようになった。

物語と出会って

人と本はよく似ている。

そんな言葉を聞くことが、度々ある。人が誰かと出会い、幸せになるように、あるいは不幸になるように、一冊の本とめぐりあって人はその運命を変えてしまうことがあるのだろうか。

わたしが物書きになりたいと強く思ったのは、中学生のとき、海外ミステリー(今では、いやあのころ、わたしが少女であったころでさえ、古典と呼ばれていた)にのめり込んだからだ。

コナン・ドイルに始まり、アガサ・クリスティ、ディクスン・カー、エラリー・クイーン……読み漁った。特に、エラリー・クイーンは大好きで、ほぼ全作品を読破したと思う。従兄弟同士、二人の人間が一つの名前を共有し、作品を創りあげていく。それだけで、なんだか謎めいているようで、若くて、本のおもしろさに目覚めたばかりのわたしは夢中になったものだ。キャラクター、巧妙に周到に張りめぐらされた伏線、意外なストーリー展開、驚くべき結末。

ああ、おもしろい。

十代のわたしは本にのめり込み、読みふけり、顔を上げ何度も何度も嘆息した。ああ、おもしろい。本って、こんなにもおもしろいものなんだ。

書くことは昔から、好きだった。書くことしか、得意なものはなかったと言い換えることもできる。勉強は中途半端、運動神経なし、ひどい音痴、絵描きの才能皆無。そんなわたしが唯一、好きで他者に誇れるものは、文を書くことだけだったのだ。中学生になって、本の（というか物語の）おもしろさを知って、わたしはわたしが唯一持っている誇りにしがみついた。

このおもしろさを自分もまた生み出してみたい。だから、絶対物書きになるんだ。

若さとは突っ走るエネルギーでもある。あのころのわたしを褒めるとしたら、なんの根拠もなく自分を信じきったということぐらいだろう。若さの傲慢とも稚拙とも笑えはするけれど、ともかく、わたしは物語のおもしろさに胸をときめかせ、将来を夢見たのだ。

あれからン十年が経ち、わたしは日々の暮らしに埋没して、あれほど鮮やかだった夢を見失おうとしていた。書きたい、書きたいと焦りながら、心のどこかで、〈書き続けるなんて無理さ、そして無駄さ。諦めろ、諦めろ〉

そんな声を聞いていた。夢にしがみついて焦るより、現実を受け入れて諦めた方がずっと楽だし、有意義じゃないか。声はそう続いて、わたしを嘲笑い、哀れむのだった。

そんなとき『マクベス』を読んだ。言うも及ばずだが言っちゃおう。シェイクスピアの四大悲劇の一つである。本棚にあった文庫本にふと手を伸ばした。ほんとうに、ふと、である。

人と本はよく似ている。

奇跡のように出会い、運命を揺さぶる。

おもしろかった。実におもしろかった。物語のおもしろさを堪能した。

中年のわたしが、少女のわたしを思い出す。同じような嘆息を繰り返す。物語って、こんなにもおもしろいものだったんだ。そうだ、思い出した。わたしは、ぞくぞくと血が騒ぐような、心が滾るような、想いが乱れるような、物語を書きたかったんだ。思い出した。忘れ去ってはいなかった。捨てきることができぬまま、ずるずると引きずっていたものを再び、手繰り寄せた。

わたしには古典の素養はほとんどない。文学のなんたるかも語れない。でも、そんな小賢しい諸々を蹴飛ばして、おもしろさが沁み込んでくる。わたしは、『マクベス』を膝に置き、手繰り寄せた夢をゆっくりと反芻していた。何という怪異な物語だろう。三人の魔女の登場で始まるこの悲劇はまさに悲劇で、悲劇でありながら、一枚一枚薄皮が剝がれていくように謎が解かれていくミステリーでもある。冒頭の場面から謎と怪奇に満ちたエンターテインメントでもある。そして、『人の生涯は動きまわる影にすぎぬ。あわれな役者だ』*、第五幕第五場のこの科白に見られるように、一人の男の、いや人間が抱え持つ孤独と自己破壊と欲望を書き上げたまさに悲劇の中の悲劇なのだ。

人間とはこんなにもおぞましく、哀れで、おもしろい存在なのだ。ああ書きたい。わたしも、書いてみたい。

中年ともなると、突っ走るエネルギーも自分を信じ込む力もとっくに褪せている。でも、自分自身を叱咤激励するコツもまたしっかり身につけているものだ。夢想癖だけは十代のころと変わらぬわたしは、海外ミステリーを読み漁っていた少女と同じ熱に浮かされてワープロに向かった。

奇跡のように出会った本に、物語に、機会を貰（もら）った。自分に挑（いど）む機会をだ。幸運だと感謝している。しかし、その幸運が本物かどうかは、これから決まると思っている。だから書き続けたい。

＊シェイクスピア『マクベス』福田恆存訳、新潮文庫

日常のファンタジー

「あさのさんて、ファンタジーとか、書かないんですかぁ?」
舌足らずの甘い声でそう尋ねられたことがある。三度ぐらいある。尋ねた相手はそれぞれにちがって、三人の容姿も年齢も定かではない。その内の一人が長いきれいな髪をしていたこと、一人が翡翠色のキャミソールの上にくすんだピンクの上着を着ていたことは、朧だが記憶にある（気がする）。そして、もう一人が「書かないんですかぁ?」の後に「書けないんですかぁ?」と無邪気に付け加えてくれたことは、わりにくっきりと覚えている。はははと笑ってごまかしたけれど、けっこう痛かった。

　わたしは、ファンタジーという世界がよくわからない。わからないから憧れる。『ハリー・ポッター』も『指輪物語』も読破できぬままだけれど、憧れる。書ける人ってすごいなあと嘆息し、何故、自分が書けないのか熟考する。才能の有無に逃げてはいけない。他に何か理由が……で、これはわたしの日常があまりに平凡だから想像力が育たないいんだと強引に結論付けた。山間の小さな町に住み、毎日、判で押したような生活をしているから書けないのだ。要するに環境に恵まれていない、そういうこと。まっ、しょうがないよね。

その平凡で、判を押したような日々の一日、わたしは川土手の道を歩いていた。真夏だった。幅一メートルほどの蹊の片側には大樹がそびえ、鬱蒼と葉を茂らせ、真夏の夕暮れに一足早い闇を呼び込もうとしていた。その陰に足を踏み入れたとたん息を呑んだ。

雨が多く、やたら暑い夏の始まりだった。それが原因なのかどうか、羽黒蜻蛉（わたしたちは単純に川蜻蛉と呼ぶ蜻蛉）が大量に発生していたのだ。何十、いや何百匹か……。ともかく、見たこともない数の羽の黒い蜻蛉がいる。ほとんどが止まっていた。道に葉に草に。わたしは、息をつめたまま、そろりと歩き出す。すると、蜻蛉たちはふわりと舞い上がる。ほんとうにふわりなのだ。そして、わたしの背後にふわりと下りる。一歩前に出れば一歩分だけのふわり、だ。蜻蛉のトンネルだった。大樹の葉から夕陽がこぼれ、黒い羽を煌めかせる。ふわり、ふわり。軽い眩暈（めまい）を覚えながらわたしは歩いた。この蹊が、いつもの蹊だとは信じられなかった。紛（まぎ）れもない異世界がここにある。恐怖と陶酔。甘美で恐ろしい。

木陰（こかげ）を抜け陽の光の下に出たとき、わたしは現（うつつ）の熱を感じ、深く息をついた。もう一度踵（きびす）を返し、陰に入るという考えは微塵（みじん）も湧（わ）いてこなかった。

次の日、その蹊は消えていた。蜻蛉は数えられるほどしかいなくて、ただの涼（すず）しい木陰にすぎなかったのだ。

ファンタジーは日常の中にいつでもある。平凡な日々の中に、唐突（とうとつ）に気紛（きまぐ）れに、立ち現れる。そういう物語を書いてみたいと、あの日からずっと焦（こ）がれ続けている。

疼（うず）きとともに

わたしは、時代小説の熱心な読み手ではなかったし、今でも良質の読者とは、とてもいえない。でも、書きたいとは思っている。

お江戸の町を舞台に、男たちの、女たちの、人々の物語を書きたいと焦（こ）がれるように思っている。

もう何年前になるだろう。わたしは子育ての真っ最中で、三人の子どもたちと賑（にぎ）やかで、楽しく、しかし消耗もする日々を過ごしていた。若いころ芽生（めば）えた「書きたい」という希求に近い想（おも）いは褪（あ）せることなく、しかし、想いとして蠢（うごめ）くだけで、一向（いっこう）に現実的にはならず、一日一日がまさに羽が生えたごとく飛び過ぎていくのを焦心（しょうしん）と諦念（ていねん）の内に見送るしか術（すべ）がないように感じていた。

書けないなら、せめて読もう。それも短い時間で、効率よく読める短編を中心にして。

今よりずっと若く、ずっと健気で、ずっと一途だったわたしは（今なら「いいんじゃないの。無理しなくても。できないときは、どうがんばってもできないもんさ」とぱっくり開き直りもするのだが）、書きたい衝動、書けない焦燥を紛らすために、ことさら短編集を選んでは読むようになっていた。

人生とはおもしろい。どこでも、いつでも、逆転の機会やきっかけは転がっているものだ。人間は可能性に溢れているなんて薄っぺらい戯言はいわないが、可塑性に満ちた存在であることは確かだと思う。人は変わりうる。自らを自らの力で変えることができるのだ。

少なくとも、わたしは変われたと思う。書かないことを書けないと勘違いし、書けない理由をあれこれあげつらい、誰かのせいにして、書かない自分を許してきた。その甘さ、その卑怯、その弱さを越えて、「書きたい」という想いを湧きたたせることができた。結果として、どれほどの作品を生み出せたのかと問われれば、押し黙るしかないのだが、それでも、自分の想いを自分で引き受ける覚悟だけはできたはずだ（時々、揺らぐけど）。

きっかけは、藤沢周平さんの作品に魅せられたことだった。書店でぱらぱらとめくり、短編だし、文章平易だし、値段手ごろだし（文庫でした）、これ、読んでみようかなと買ったのが、新潮文庫の『橋ものがたり』だった。

効率よくなんてものじゃなかった。読み出したら、どうしても本を置くことができず、「おかーさん、はらへった」「おかーさん、早う、ごはんにしよう」との我が子の悲痛な訴えを聞き流し、その一冊にのめり込んでしまった。

人は可塑性に満ちている。

どこでも、いつでも変わりうる。

お江戸の世に生きる名もない人々が、切見世の女郎が、その日暮らしの棒手振りが、酒びたりの職人が、身分制度にがんじがらめにされた武士が、教えてくれた。大通りの土埃を感じ、娘の下駄の音を聞いた。唇を噛み締める男の呻きや年増女の嗚咽が迫ってきた。どきどきした。こんなにも、生々しい人間の物語を久しぶりに読んだと感じた。

わたしは、お江戸の切絵図を買い、藤沢さんの本を片手にそこに出てくる地名を丹念に辿っていった。

竪川、弥勒寺橋、大川の河岸、浅草、聖天町、両国橋……、それはただの地名ではなく、人の生きている場所だった。

わたしもこんな風に、人の重みのある物語を書いてみたい。読むのではなく、書いてみたい。それは、遠い昔、まだ十代のわたしが強く感じた、読み手ではなく書き手になりたいという望みと繋がっていく。忘れてはいなかった。まだ、諦めきれてはいなかった。

児童文学の書き手として出発し、少年や少女に惹かれて、彼ら、彼女らの物語を書きながら、わたしの心のどこかは、お江戸の町を仰ぎ見ていた。五感がうずうずする。この風の感触、この土の匂い、この闇の深さ、この地虫の声はきっとお江戸に通じていると、何の根拠もないのに、百パーセント信じられた。

闇間にぼんやりと浮かぶ蛍が、冬空の月が、茜色に染まる山の端が、みんなみんな、お江戸と同じだと。その思い込みのままに書き連ねた未完の作品の話を本気で聞いて、本気で読んでくれた編集者がいて、本気で完成を促してくれた。「この作品を最後まで読みたいです」と。そして、数カ月後、わたしは最初の時代小説を一編、書き上げたのだ。

江戸期の後半。本所深川を舞台にして、そこに生きた男たちの、女たちの、人々の物語を……書いたつもりだ。お江戸を書きたくて、書きたくて、どうしても一冊だけは書きたくて、書けば満足すると信じていた。自分が時代小説の書き手であるにはあまりに無知で無力だとは、誰に言われるまでもない、自分自身が一番よくわかっていたから、ともかく、一冊だけを絞り出してみよう、きっとそれで納得できると、思い込んでいた。

でも、だめだった。

書けば書くほど、深みにはまっていく。まだ書きたい、まだ書きたいとわたしの内で、わたしが唸（うな）るのだ。一冊では足らない。まだ、ここに出てくる男の、女の、人々の何ほども書ききっていないのだぞ、おまえは。わたしが奥歯を嚙み締める音がする。ああそうかと思った。ゴールどころか、わたしはまだスタート地点に足をおいたばかりなのだと。

藤沢さんの作品に出会えたことも、誠実な編集者にめぐりあったこともこの上ない幸運だけれど、その幸運に背を押され一歩踏（ほ）み出（ふ）すことはできたけれど、まだ、一歩にしかすぎない。ゆっくりとでも確かに歩を進めたい。生きた人間の息吹（いぶ）きと熱のある時代小説を書き上げたいと心底、思う。

足掻（あが）くことの意味

この前、五十ン回目の誕生日に子どもたちが大判のスカーフを贈ってくれた。有名なブランドの品よく美しい品だった。それはそれでむろん嬉（うれ）しくもあり、心底感激もしたのだが……自分が五十ン歳になったのだという衝撃の方がより強く、わたしを揺さぶったのだ。そうか、いつの間にかそんな年齢になったのか、と。

やれ母乳だの、離乳食だの、発熱だの、怪我（けが）だの、オシメが取れないだの、言葉が遅いだの、いじめられたの、いじめたの、てんやわんやで育てた三人の子どもたちは、成人となり社会人となり妻となり父となった。わたしは、労（いたわ）り支える側ではなく、労られ気にかけられる側に回ろうとしているようだ。それは、肩の荷を下ろしてほっと解放の吐息を漏（も）らすことであり、人の寂しさ、はかなさに心を馳（は）せ、心を重くすることでもある。

二十代のころ、わたしは自分が五十ン歳になるなんて思いもしなかった。もちろん、人は歳をとる。どんなやんごとなき方も、大富豪も、百年に一人の大天才もみんな、自然の理のままに老いていく。当たり前のことだ。当たり前だと頭ではわかっていても心はそれを受け入れず、五十ン歳なんて、魔女や妖怪になるのと同じくらい非現実的なこととして認識していた（今や魔女や妖怪に近くなった気もしますが）。そのくせ、今、自分の二十代を振り返って、あのころに戻りたいとはいささかも思わないのだ。

お肌はスベスベで、シミもシワもタルミもなく、お腹もぽっこり出ていなかった（当社、じゃなく、当者比、つまり今のわたしと比べてです）にもかかわらず、若く、健康で強靭な身体を持っていたにもかかわらず、記憶力も持久力も基礎体力も今の何倍も勝っていたにもかかわらず、戻りたいとは思わない（つるつるお肌とかぺったんお腹には戻りたいです！）。というか、戻りたくない、絶対に。

二十代のころを思い出すたびに、タールの海を泳ぐ蛙のような気分になる（わたし、カナヅチですが）。

自分の夢が重かった。過重な夢を捨てきれない自分に辟易していた。足掻きながら、その足掻きをせせら笑う自分が憎くてしょうがなかった。大丈夫、まだ、やれるという漠然とした希望と、無為に過ぎていく時間と自分に対する絶望、そのせめぎ合いの中で生きていた十年間だと思う。

わたしは、十代のころから物書きになりたいと念じ続けていた。十代の若さというものは世間知らずで野放図で無謀で尊大だ。でも、真っ直ぐで力に溢れしなやかでもある。わたしは、わたしの夢を信じることができた。何の根拠もなく、とても容易に自分と自分の夢を信じられたのだ。夢のある自分が、未来の目標がある自分が誇らしくさえあった。言い換えれば、現実と自分の間にシールドをめぐらし、密封された世界の中で自分の夢とやらをしゃぶっていられた。

二十代はそうはいかない。いつまでも、現実を遮断して暮らすわけにはいかないのだ。わたしと現実を隔てていた壁は二十代になって、徐々に剝がれ、崩れ落ちていくことになる。現実、リアルな世界と否応なく向かい合わなければならない時期が来たわけだ。二十代の前半、わたしは立ちすくんでいた。自分の計り方を見失ってうろうろとさまよっていた。

ろくな作品一つ書き上げてもいないくせに、物書きなんかなれるのか。

書くべきもの、書かずにはいられないほどのものが、わたしの内にあるのか。

どうやったら書けるのだろう。どうやったら、作品を発表できるのだろう。

何一つ答えは摑めず、十代のように単純に自分を信じることはむろんできず、信じられなくても捨てることはやはりできず……ほんとにタールの海だった。重い、重い。あんな重い想い（おばさんギャグじゃありません）を抱いて悶々とするのは、二度とごめんだと手を合わせたくなる。

結局、作品を発表するどころか最後まで原稿を書き上げることもないまま、わたしは二十五歳で結婚し、生まれ故郷の町に帰った。結婚した翌年には長男が、一年半後には次男が、結婚六年目の年には長女が生まれた。怒濤のような子育ての日々が始まったのだ。

今、思い返せばおもしろかったなぁとしみじみ感じるし、今、子育て奮闘中のママたちには、

「ほんとは子育てって、ものすごくおもしろいんだよ。辛いより、苦しいより、おもしろいもんなんだよ」

と本心から告げたい。二十代には戻りたくないけれど、あの子育ての時期だけは、ほんの少しだけ戻ってもいいかもなんて思ったりする。もちろん、それには母親に過度の負担や不安が押し掛からないことが条件だ。少子化を憂う為政者の方々は、ここのところをしっかり頭に入れてもらいたい。若い母親が子育てを楽しめる

国の仕組みを全力で構築してもらいたいのだ。

閑話休題、ごめんなさい。子育ては失敗もし、赤面もし、自己嫌悪にも陥ったけれど総じて楽しかった。楽しいと同時にわたしは焦っていた。焦燥にかられ、いてもたってもいられない想いに追い詰められていた。

全く書けなくなっていたのだ。全く、一字も書けない。原稿を書き上げるどころではない。原稿用紙の升目一つ埋まらない、いや、埋められないのだ。

あのころのわたしは、しかたない、しかたないと呪文のように呟いていた。子どもを育てているんだからしかたない。家庭があるんだからしかたない。こんなに忙しいんだからしかたない。書かなくても、書けなくてもしかたないんだ。しかたない、しかたない。便利な言葉だ。自分をごまかすにはもってこいの言葉かもしれない。

二十代の後半、子どものおむつを取り替えながら、洗濯をしながら、手を繋いで川土手を散歩しながら、ごまかしの呪文を唱え続けていた。それを悪いとも情けないとも、五十ン歳のわたしは思わない。ときに、自分をごまかすことも諦めることも必要だ。夢を捨てたとき、傍らにあった別の何かを摑むことだってたくさんある。

わたしは何もかも中途半端だった。ごまかし続けることも、すっぱり諦めることもできなかった。だから焦り、足掻（あが）いた。子どもさえいなければ、家庭さえ持たなければと唇（くちびる）を噛（か）んだことも度々（たびたび）あった。とんだ八つ当たりだ。条件が整わなければ書けないような者がプロの物書きになれるわけがないと気づくのはもう少し時が経（た）ってから。そして、焦燥に塗り込められた二十代が案外に豊饒（ほうじょう）な時間であり、物書きとしてのわたしの基盤を培（つちか）った年月だったと気づくのは、ずーっと後になってからだった。

三十代のわたし

娘が嫁いでいく。

二十四歳だ。一昔前なら「あら、ちょうど適齢期ですね」などと言われる歳かもしれない。けれど、適齢期という言葉はいまや死語中の死語、意味を知らない若い方もたくさんいらっしゃると思う。昔のように結婚は家と家との関係ではなく、人と人との結び付き方の一つとなった。だから、年齢などに惑わされることはない。一緒に生きていきたい相手が現れたときが結婚に最も適した時期なのだろう。婚姻届を出すのも良し、出さぬのも良し。夫婦別姓も同姓も良し。「この人と生きていきたい」。自分のその想いをよりどころとして大切な人と結び付いてもらいたい。結婚して三十年を経た身としては、いささか青臭いけれど本気でそう願うのだ。

わたしの二十代から三十代は「～べきだ」と「～らしく」が周りに氾濫していた。

いや、周りだけではない。わたし自身の内にも「～べきだ」くんと「～らしく」さんがどっしりと並んで居座っていた。

　女性の結婚年齢がクリスマス・ケーキに喩えられて、二十五を過ぎたら売値がぐっと下がるなんてことが、公然と人の口に上る時代だったのだ。遅くとも二十五歳までに結婚、三十歳までに長子を産み、三十五歳ぐらいまでに産み終え、あとは子育てに邁進すべきだ。子どもを産んだら、お母さんらしく生きるべきだ。子どもはりっぱに育てるべきだ。世間並みに生きていくべきだ。みんなと同じように、それらしく振る舞うべきだ。べきだ。らしく。らしく。べきだ。らしく。べきだ。らしく。

　世間という形のないモノサシを振り回し、その物差しで計れない生き方をする者は「あらまっ、変わっているよね」と変人扱いされ、ときに糾弾の対象にさえなる。当然、息苦しい。その息苦しさはわたしの外にばかりあるのではなく、内にも存在していたのだ。べきだ。べきだ。らしく。らしく。うん、確かに、どっしりと居座っていた。

「あの人、三十過ぎたのにまだ結婚しないの」

「赤ちゃんはまだ？　もうすぐ三十でしょ」

「二人目は？　つくらないの？」

そんな科白を口にしたのは、誰でもないわたし自身だったはずだ。住んでいた町は（今でも同じ町に住んではいるのですが）、自然豊かな美しい場所ではあったけれど、旧弊で閉鎖的な雰囲気も多分に残していた。だけど、わたしを縛り、わたしを息苦しくさせたのは、田舎町の空気などではなく、「〜べきだ」「〜らしく」の枠に閉じこもり、そこから踏み出そうとしなかったわたし自身だったはずだ。

わたし自身だった。

それに気がついたのは三十代も半ば、本気で書くことと向かい合い始めてからだった。そう、わたしが真剣に書くこととがっぷり四つに組み合ったのが三十代だったのだ。間もなく嫁にいく娘が保育園に入園したとき、わたしは三十代も後半に入ろうとしていた。上の二人は小学生、末っ子は保育園に入った。長い子育ての月日の果てにやっと自分の時間が持てるようになったのだ。むろん、僅かな時間だ。昼間の二時間、長くても三時間、それくらいのものだ。それでも、自分の自由になる時間、わたしのための二、三時間であることに変わりはない。天からの賜り物のような貴重な時間である。わたしは自分に問いかけてみる。

さぁ、おまえは何をする？　おまえは何がしたい？　おまえは何をするつもりだ？

ボランティア活動、趣味を極める、働きに出る……選択肢はいくらでもあった。でも、答えは一つしかない。

書きたかった。それより他のことは何一つ、やりたくなかった。でも、今まであんなに足掻いて、足掻いて、書けなかったのに、ずっと書くことから遠ざかっていたのに、目をそらしてきたのに、書けるだろうか？　こんなこそくで卑小なわたしに書くことが可能だろうか？　それに、物語を一つ、書き上げられたとしても、それをどうすればいい？　誰にも読んでもらえぬまま放置された物語ほど哀れなものはない。それくらいはわたしも知っていた。一人でも二人でも、読者が欲しい。その読者を得るためにはどうしたらいい？　どうしたらいい？　どうしたらいいのだろう。

疑問符ばかりが募っていく。それは「物を書く人になりたい」と強く望み、「いや、絶対なるんだ」と決めた十代前半のころの焦燥と少し似ていた。あのときも、物書きになる手立てなど何一つ知らぬまま、熱に浮かされたように書きたい、書きたいと念じ続けていたではないか。しかし、十代とは決定的にちがい、三十代のわたしにはあとがなかった。ここで踏ん張れなかったら、ここで諦めてしまったら、もう二度と手が届かなくなる。一生、何も書かずに終わってしまう。そう頑なに信じていた。

今振り返れば、そこまで思い詰めることも、自分を追い込むこともなかったのだ。肉体的な限界があるスポーツ選手とはちがって、物書きになる夢など、四十代でも五十代でも、もっと歳を経ていたとしても叶えることは可能なのだから。でも、あのころのわたしはそれに気がつかなかった。徐々にでも確実に衰えていく気力や肌の艶、昔のように無理が利かなくなった身体を感じ、焦っていたのだろうか。消えていく若さに戸惑っていたのだろうか。

そう思えば三十代とはある意味、困難な年代だ。若さと老いがせめぎ合う。若さの魅力は十分承知しているのに、歳を経ていく楽しさをまだ知らない。不惑を前にして、惑い続け、揺れ続ける。ほんとうに、笑ってしまう。苦笑だ。もしできるのなら三十代のわたしに教えてあげたい。

まだまだ、先は長い。あんたの可能性は十代のときと同じぐらい……ううん、むしろ大きくなっているんだよ、と。

しかし、当時、そんなささやきを聞きもしなかったわたしは、じたばたと疑問符ばかりを募らせていく。

そんな折、学生時代お世話になったプロの作家から、彼の主宰（しゅさい）する同人誌がどさりと届いた。「一緒にやりませんか。そろそろ書くことを再開しているころでしょう」という意の手紙とともに。その同人誌には会員が百人近く集（つど）っていた。つまり、ここに作品を載せることができれば百人の読者を得られるわけだ。そう思った瞬間、肌が粟立（あわだ）った。同人誌が届いた翌日には入会申込書を郵送していた。そして、その同人誌に掲載された作品が編集者の目に留まり、処女作として出版されたとき、わたしは三十七歳になっていた。これまでの人生のうちで、最大のエポック・メーキングな出来事をわたしは三十代で経験したわけだ。改めて書くことに向かい合った。書くことで自分のいやらしさにも気がついた。滾（たぎ）るように熱い数年間だったと思う。

迷い、惑い、揺れ、焦った四十代

四十而不惑。四十にして惑わず。

どころの話ではなく、わたしの四十代は惑いの只中にあった。子どもたちはそれぞれ思春期のど真ん中やとば口に差し掛かり、過ぎてしまえば微笑ましくもばかばかしくもあるけれど渦中の者にとっては憂うつで腹立たしいことこの上ない小さな諍いや口論が日常茶飯事となっていた。他人の子女なら、良いところも魅力的な面もしっかり認められる。「うちの子ときたら全く……」と文句・愚痴を尽きることなく並べる友人をやんわり遮って、「あんた、そうは言うけどな、○○ちゃん、すごく優しいええ子じゃで。昨日もコンビニで偶然、会うたんじゃけどきちんと挨拶してくれて『おばちゃん、入院したと聞いたけどもう元気なん？』て尋ねてくれたんで」とか「どうしてどうして、△△くん、あんたが思ってるよりずっと真面目で男気があるし。だって、この前の日曜日に地域の祭りがあったじゃろ。あのとき、ずっと小さい子の面倒見てたの△△くんだけじゃったが」なんて、本気で○○ちゃんや△△くんの弁護ができたりするのだ。そして、わが子を正当に評価できない親であることを恥じよと友人をいさめたりもした。ところが、自分のこととなると事はまた別ものらしい。

思春期とはこういうものだと定義するのは困難だし、無意味だし、愚かだ。ただ、感覚としては、自負と自意識と劣等感と自尊心と……本源的な感情を生のまま乱雑に人間という皮袋に放り込んだようなもの、そんなふうなイメージを抱いている。詰め込んで、詰め込んで、整理の術も必要も知らず、今にもはちきれんばかりに膨れ上がった袋のなんと爽快でみずみずしくあることか。愛しく、妖しく、おもしろくあることか。

今のわたしなら、迷いなくそう言いきれる。自分にも他者にも。

四十代になりたてのころ、思春期ど真ん中、あるいはとば口に差し掛かった子どもたちを相手に悪戦苦闘していた（していると本人が思い込んでいただけなのですが）わたしは、子どものことも自分のことも半ば見失っていた。

子どもたちがささやかな過ちや失敗を犯すたびに、その子の将来が閉ざされたような気になり、泣いたり、怒ったり、嘆いたり、落ち込んだりを繰り返していたのだ。

時は九〇年代後半。騒々しくも煌びやかな時代、虚飾のバブル時代が弾け、霧散し、世には停滞と失望と不安と不満の気配が漂っていた。

根の張り方が浅い人間ほど、時代という実体のないものに流されてしまう。わたしも、ご多分に洩れず、未来に対する漠然とした憂虞を抱き、それが何故なのか探ろうともせず、真実を見極めようともせず、時代の雰囲気に流され、呑み込まれ、煽られていた。自分の書く物に対しても揺れ動き続けた時期でもあった。

あれほど望んでいた「物書き」に曲がりなりにもなれた（あくまで曲がりなりにもですが）。物語を書き上げ、本という形にすることができた。一年に一作か二作、出版できるようにもなっていた。三十代後半でデビューしてから数年、はた目には遅々としながらも一歩、一歩、前に進んでいるとも見えた時期ではなかったか。けれど、あのころ、わたしは妙な焦燥感に囚われていたのだ。それは奇怪な妖かしのように、わたしにべたりと張り付き、絡み付いていた。

ちがうと思った。これは、まるでちがうぞ、と。

わたしがずっと焦がれていた「物書き」の姿と今のわたしとでは、幾星霜を経て大きな隔たりがあると思い、その思いにきりきりと胸を刺されていた。書いても書いても満足できず、なぜ満足できないのか、どうすれば納得のいく作品を生み出せるのか。さっぱり摑めなくなっていた。そもそも、わたしはどうして物書きになりたかったのだ。なぜあんなに、書くことに飢えていたのだ。何を書きたいのだ。何を書こうとしているのだ。そんなことさえわからなくなっていた。

わからないことは辛い。辛いし痛いし、苦しい。わたしは書くことも子どもたちのことも何一つ、見えなくなっていたのだ。そして、書くことからも、子どもたちからも、目をそらしたいと本気で考えていた。たぶん、目をそらしていただろう。

五十も半ばを迎えようとする今なら、来し方を振り返り、二十代、三十代のわたしにエールを送れる。ぽんと肩を叩いて、「大丈夫、大丈夫。この挫折を糧にできるぐらい、あんたは強いんだから」と慰めても、「先は長い。焦る必要なんてちっともないんだよ」と励ましてもあげたいと思う。だけど、四十代のわたしはいただけない。今、思い返しても、噴飯もの、赤面ものだ。情けない。「あんたいくつよ。もう少し成長しなさい」と叱咤するよりほかはない。

不惑どころではない。迷い、惑い、揺れ、焦り、ふらついていた。むろん、今でも迷っている。惑っている。揺れ続け、焦燥に炙られている。それでも、目をそらすことだけはしていない。そう気がついたのは四十代も後半に入ってからだ。

　子どもたちは成人に近づいていた。人間とは大いなるものだとつくづく感じる。情けない親をまたぎこして、何とか一人前になってくれるものだ（まぁ、息子にも娘にも、いろいろと問題はありーの、欠点はわんさかありーの、一人前と呼んでいいのか「？」付きですが）。ただ、書くことはわたし自身の問題。わたしが踏ん張らない限り、どうにもならない。目をそらすなら捨てる覚悟をしなければならないのだ。捨てたくはなかった。目をそらさず、踏ん張り、書くことと対峙したかった。

　わたしは書きたいのだ。

　事件でも、筋書きでもなく、人間を書きたいのだ。わたしが求めた人間を、わたしが知りたい人間を、わたしが恋焦がれる人間を、書きたいのだ。

　人を書きたい。そう思えたとき、わたしはやっと四十代の呪縛から解放された。他人や世間や社会が求めるものではなく、わたしが求めるたった一人の人間を生み出すのだ。書くのだ。彼の彼女の物語を創り上げるのだ。そう思った。

　思えば、今まで書いていた物語もそうであったと気がついた。むろん、不完全、未熟であることは否めないが（ちょっと無念ですが、認めます）。物語とは人を書くことにほかならない。子育てとは「りっぱな大人」を育てることではなく、ただ

「人」として成っていく時間を慈しむことだったのだ。わたしは、曲がりなりにも(ここでも曲がりなりです)、そういうものにかかわって生きてきたのだ。

四十代とは新たな自分を発見する年代ではないだろうか。

自分の矜持を取り戻し、自分を尊ぶ。もう若くもなく過ちを犯してばかりの、惑ってばかりの、しかし、逃げなかった自分を誇る。そんな時間なのだ。

「傲慢な夢」も必ず叶えてみせる

「更年期」という言葉の苦味

今夏（二〇〇六年）は暑かった。西日本は記録的な猛暑だったが、わたしの住む岡山県の北東部も例外ではなく、蟬もうだるかという暑さが続き、八月の半ばには観測史上二番目となる最高気温を記録した。

わたしが生まれ、育ち、今も住民であるところの小さな温泉町は、四方を山々に囲まれているので、比較的涼しい。瀬戸内海に向けて開けている南より、体感としては四、五度近く涼しいのではないか。我が家はまた、先人の知恵に倣い夏を旨とした造りなので、風の通りはよく、陽は差し込まず、いつもどこかにひやりと冷えた空気溜まりを抱(かか)え持つ。要するに夏は過ごしやすいのだ。反面、冬はめっぽう冷え込むけれど。

そんな家だから一昨年(おととし)も昨年も、片手の指で十分足りるほどしか冷房をつけなかった。しかるに、今年は猛暑を通り越して酷暑(こくしょ)である。観測史上二番目の最高気温である。照りつける太陽、足元から立ち上る暑気、加えて湿気……この前、何気(なにげ)なく庭に目をやったわたしの前に、コガネムシが転(ころ)がった。木の枝から力尽きたかのように落ち、そのまま動かなくなったのだ。

ダンナに「コガネムシまで熱中症で死んだんやで」と報告すると「ありえない」と一笑に付されたけれど、わたしは信じている。昆虫さえ昇天する暑さなのだ。

この夏のせいか、慣れないクーラーのせいか、連日書いているのにちっとも進まない原稿のせいか、連日原稿を催促してくる編集者のせいか、少し体調を崩した。各編集者にはやや大げさに伝えたけれど、ほんとうのところ病院に行くほどでも、寝込むほどでもないプチ体調不良である。それでも体調不良。頑強なことと後ろ頭の形が良いことだけが自慢のわたしは、身体の不調に慣れていない。もうこのまま一生、健康を取り戻せないような心もとなさに襲われる。心が弱れば、強がりより愚痴が出る。おかげさまで、愚痴を聞いてくれる心優しい友人たちには恵まれていた。

「なんか、身体がだるくてな、すごい重い感じで」

「太ったんとちがう？」

心優しい友人Aがアイスコーヒーの氷を噛み砕きながら言う。

「あんたに太ったとか言われたくないね。体重じゃなくて、こう、やる気が起こらんていうか、へこむことが多くて」

「仕事に新鮮味がなくなったんかもね。もう止めたら」

心優しい友人Bが、くひくひと変な笑い方をする。

「仕事は好きなの。嫌いなのは締め切り。だから、そうじゃなくて」

「更年期かも」

心優しい友人Cがぽつりと、呟いた。

「更年期？」

「うん、更年期。アサノの言うてること更年期の症状にあてはまるがよ」

「はあ、わたしが更年期？　まさか」

「なんで？　犬かて更年期があるらしいって聞いたし、アサノだってあるんじゃない。あんた、犬よりは人間に近いじゃろ」

「まさか、そんな更年期なんて歳じゃあ……」

「全くもって更年期適齢期、ど真ん中でしょ、うちら」

優しくも奥ゆかしくも愛らしくもない友人、いや悪友たちを前にして、わたしは「更年期」という言葉を舌の先に転がした。飲んだばかりのコーヒーより遥かに苦い味がした。

そうか、そんなに生きたのか

何歳だったたか、たぶん小学校の中学年のころ、母に連れられて遠縁の女性を見舞ったことがある。もう、何年も寝たり起きたりを繰り返していたその女性は、脂気のない半白の髪をして、哀れなほど痩せていた。物語に出てくる怪しい魔女のようだと、小さなわたしは思った。その家を辞したあと、母にあのおばあさんはひどい病気なのかと尋ねたら、母は苦笑し、

「おばあさんなんて言わんの。うちとあんまり変わらん歳なんじゃから」

と、声をひそめた。それは衝撃だった。母が特別若いわけでも、美しいわけでもないけれど、あの老女と比べればまだ咲き誇る花と称えられてもいい。あの人は魔

女ではなく、魔女の呪いにかけられ若さを失ったのではないか。驚くわたしに、母はさらに声をひそめて言った。

「更年期やからね、○○さんも大変やわ」

そのときから、わたしの中では更年期と病んだ老女の姿が繋がってしまった（余談だが、件の女性は更年期だけではなく、他にもっと深刻な病気を抱えていたのだ。母は当時、そのことを知らなかったらしい）。それにしても、よくよく考えれば、今のわたしはあの日の母より、つまりあの女性よりずっと歳をとっているではないか。

そうか、そんなに生きたのか。

思わず天を仰ぐ……ような、心持ちになる。

半世紀の上を生きた。少年、少女に夢中になり、彼らの物語などをたどたどしくも紡いでいるものだから、つい若さばかりに捉えられ、自分の老いを失念していた。世間的にはもう初老と呼ばれ、孫がいてもおかしくない年齢なのだ。

そうか、そんなに生きたのか。

天を仰ぐ心持ちにはなったけれど、その後、胸に湧いてきたものは、諦念でも寂寞でもなかった。むろん充足感など欠片もない。

湧き上がった想いは一つ。

ああ、まだ途中なんだ。まだ挑んでいる最中なのだ。

それだけである。

じりじりと、わたしを炙る想い

中学生、十三、四歳のときから物書きになりたかった。他の職業が何一つ身にそぐわないと感じるほど、物語を生み出す人に憧れていた。それはじりじりと内側から身を炙るほどの強い情念ではあったけれど、外へと迸ることはなかった。誰にも言わなかった。言えなかったのだ。口にする機会はいくらでもあった。進路指導のたびに、懇談のたびに、卒業のたびに、何気ない日常のうちにさえ、その問いかけは、さしたる考慮も気遣いもないまま、不躾な率直さで若い者たちに向けられる。昔も今も。

「きみは、将来、何になりたいと思っている?」

幾度となく繰り返される問いかけに、わたしが正直に答えたことは一度としてなかった。いつも、曖昧に首を傾げてごまかしていた。

笑われるのが怖かったのだ。相手の冷笑や苦笑に無傷でいられるほどわたしの心はしたたかではなかったし、傷の痛みに耐えうるほど強靭でもなかった。

きみは、将来、何になりたいと思っている？

大人の問いかけはいつも残酷で陳腐だ。小学生あたりならまだしも、現実的な進路選択を迫られる年齢に達した者に対して、「何」の部分に常識的な職業、安定した収入が見込まれていたり、社会的に認知されていたり、親の職業と関連していたり、そんな職業の名を答えることを望む。間違っても、作家とか物書きとか小説家とか、得体の知れない、職業といえるかどうかさえ怪しい職種を口にすることを望まない。

高一のときだったと思うけれど、十代向けの雑誌に載っていた、高校の三者面談で「将来、詩人になりたい」と告白した少女の投稿を読んだ。担任の教諭からも、同席した母親からも、こっぴどく叱られたそうだ。担任曰く「真面目に考えろ」、母親曰く「ママが恥ずかしいでしょ」。少女がどこの都道府県の高校生か忘れたけれど、その短い投稿にわたしの心身が竦んだことだけは覚えている。少女と自分がぴたりと重なり、自分自身が叱責されたような気がしたのだ。

わたしは長い間、自分の夢を語れずにきた。それを周りの大人の無理解のせいにしてきたけれど、それだけじゃなかったんだと今はわかっている。

わたしは臆病で卑屈で、自分で自分を信じきることさえできなかったのだ。誰よりもわたしの中のわたしがわたしを笑っていたのだ。叱責していたのだ。今ならわかる。

物書きになりたい？　何を夢みたいなことを口走ってんだ。

自分自身の声に怯えていた。なりたいものはただ一つなのに、その夢に食らいついていくことからも、自分を信じ挑むことからも、距離をおいてきた。どんな親しい人にも、「わたしは物書きになるんだ」と断言することができぬまま二十歳を迎え、大学を卒業し、就職し、結婚し、子を産んで育てた。

大学の卒業が近いころ、親しい仲間たちの飲み会の席で、一人の男子学生がわたしに「おまえって、何かなりたいものとか、あるわけ？」とぞんざいな口調で問うてきた。かなり酔っていたのだ。わたしは、いつものように曖昧に笑っていた。すると隣に座っていた当時一番親しくしていた友人が微笑みながらわたしの肩を軽くつっついて代わりに答えてくれた。

「あっこは、お嫁さんになりたいんだよね」

ああなるほどねと男子学生は納得し、とたん興味を失ったのかわたしに背を向けた。

誰も、親友も親も仲間も、わたしの胸の内に物書きになりたいという想いがあることなど気づきもしなかった。

言葉にせぬ想いは、日陰(ひかげ)の植物にも似て、弱々しく、花も実もつけない。卒業、就職、結婚、出産、育児……定番の人生コースだけれど、それなりに貴重で豊潤(ほうじゅん)で、楽しくも苦しくもある経験をつむうちに、わたしの内にあった夢は薄れ、揺れ、埋もれ、どこにともなく消えてしまったように思えた。いや、これもちがう。思おうとしていただけだ。

わたしと同じ年代の、あるいはもっと若い人たちが高名な文学賞を受賞し華やかにデビューしたというニュースを目にするたび、耳にするつど、心は僅(わず)かに波立った。そうかといって、原稿用紙に向かったとて一行の文章が書けるわけでもなく、書けない現実と向き合うのが嫌(いや)でわたしは、ずっとわたし自身に言い訳をしていたのだ。「しかたがない」という便利な言葉が当時のわたしの口癖だった。

言い訳はいくらでもできた。書かなくても死にはしない。それより、もっと有意義なことに時間を使おう。たとえば、習い事をするとか、資格を取るとか、将来のために役立つような……ここでも実用路線が夢を押し潰(つぶ)そうとする。しかたがない、しかたがないと呪文(じゅもん)のように唱(とな)えながら、わたしは自分をごまかし続けた。夢なんてどこにもないと、想いすらごまかしてきた。情けないことだ。

　ごまかし、ごまかし、ごまかし続け、しかしごまかし続けられなくなったとき、わたしは中年のとば口に立っていた。

　三人いた子どもの末っ子が保育園に入り、自由な時間を手に入れることができたのだ。一日、二、三時間ほどのものだが、その時間がわたしを追い込む。

　この時間で何をするのか、何をしたいのかと自分に問うことを余儀なくされる。他者の何気ない、無責任な問いかけではない。自分が自分に真正面からつきつけた問いかけだった。答えなければならない。そのとき、わたしの手には、自分をごまかすためのカードは一枚も残っていなかった。

　書きたい。物を書く人になりたい。

　十三、四のわたしを炙った想いは、少しも褪(あ)せることなく身の内にあった。消えてなどいなかった。

　書きたい。本になるとか、作家という肩書を手に入れるとかではなくて、そんなことじゃなくて、わたしは書きたい。ただ、書きたい。確かか？　確かだ、嘘(うそ)じゃない。

ごまかすための、言い訳のためのカードはない。余裕もない。わたしは、ペンを握り、原稿用紙に向かった。三十をとっくに超えた年齢だった。

今のわたしは怖(お)じてはいない

あれから十五年以上の時間が流れた。中年どころか更年期である。その時間と引き換えに、わたしは何十冊かの本を出すことができた。

夢は叶(かな)った。と、胸を張って言うことができたら、どんなにか幸せだろう。つまり、今のわたしは夢が叶ったよと胸を張れないのだ。そう、夢はまだ少しも叶っていない。わたしは、物書きになりたい。この手で本物の物語を生み出したい。本物の物語が、どんなものか答えられない。だからこそ、一生を終えるまでに、生み落としたい。

わたしは、本物の物書きになりたいのだ。傲慢(ごうまん)な夢だと知っている。しかし、今のわたしは怖(お)じてはいない。怯(おび)えても、竦んでもいない。ただ挑もうとしている。わたしに残り時間がどのくらいあるのか神ならぬ身では知りようもないけれど、本物の物語に挑んでみたい。無謀な挑戦だとは百も承知だ。承知の上で挑む。今のわたしには、到底無理でも、明日のわたしなら、一年後のわたしなら、二十年後のわたしなら可能かもしれないじゃないか。

加齢からくる身体能力の衰えは、人間の衰えではない。人はいつだって進化し、変化する。人間は塑性と蘇生に満ちた生き物なのだ。忘れてはいけない。

この歳になって、十代のころより優れていると思えるのは、ただ一つだけ、自分を好きになれたことだ。初老の弛んだ肉体と怒りっぽい性格と図太さを抱えた今の自分が好きなのだ。十代のころのように、自分を拒み、信じきれないと俯くようなまねはしない。ここまで生きてきた。それが他者からみて、どれほど平凡で、どれほど愚かで、どれほどつまらないものであったとしても、関係ない。わたしは、そしてあなたもここまで生きてきた。それは称賛に値する。どんな人生だって無駄で無意味なものなどないはずだ。生きてきた自分をまずは愛でよう。生きてきた軌跡を愛そう。そして、信じる。わたしたちには、その資格も力量もある。

ここからがスタートだ。生きて、自分を好きだと諾える者だけが立つことのできるスタートラインにわたしたちは、並んでいるのだ。ゴールは遥か遠くに霞んでいる。

無口な次男が父親になった

長男と次男が小学生だった冬のある日、可愛がっていた家猫が車に轢かれて死んだ。長男はワンワン泣いて部屋から出てこないので、夫と次男で庭に墓を作って弔うことにした。次男は感情があまり表に出ないタイプで、情感の発育に問題があるのではないかと心配していたほど。この日も表情から気持ちは察せなかった。

ところが夫が穴を掘り終えても、次男は新聞紙に包んだ亡骸を抱えたまま立ち尽くしている。「寒いから早く入れなさい」と声をかけると、彼は「チクショウ……」と小さく呟いて、亡骸をぎゅっと抱きしめた。瞬間、わたしは気づかされた。死を悼む豊かで熱い情感が、この子にはちゃんと流れているのだ、と。それをうまく表に出せないだけなのだ、と。

反抗期になって「うるさい」とか「くそばばあ」とか、正面から突っかかってきてくれるならこちらも受け止め方がある。感情表現が苦手で口数が少ない子は難しい。何を考えてるんだろうと、不安にも不満にも思う。

だからガールフレンドを紹介されたとき、とても嬉しかった。人を愛する能力と、人から愛される魅力、二つをちゃんと持っていてくれたことが。

彼女と結婚して家庭を築き、一人娘ができた。「この子も人の親になるんだ」と思うとやっぱり感無量だった。さぞや無口な父親になると思いきや、「もう嫁にはやれない」とか何とか。すでに親バカぶりを発揮している。

とか言いながら、初孫だからわたしも可愛い。内心バカにしていたのに、携帯の待ち受けを孫の写真にしたりして。でも利口なおばあちゃんになろうと決めた。孫にとって一番の存在にはならない。親の愛情を飛び越えられると勘違いしない。あなたを一番に可愛がってくれるのは、お父さんとお母さん。その後ろにわたしがいる、というスタンス。

ただし、経験上、親にだけは言えないことがあると、わかっている。そういうとき、孫がちょろっとでも辛さ、苦しさを吐き出せる祖母でいたい。辛いときや悲しいときは、ばあばのところにおいで。

結婚式での娘の手紙

子育ての真ん中では、しんどいことがいっぱいある。それを楽にしてくれるのは子どもではない。子どもがどうにかなれば子育てが楽になる、と考えるから袋小路に迷い込む。変えるのは子どもではなくて自分。なんでもかんでも背負い込むのではなくて、どの荷物を下ろせるかな、と考える。

たとえば「学校に行かない子を行かせる」という荷物をまず下ろしてみる。「あんな子にしたい」「こんな子にしたい」理想や願望という荷物を、一つでも二つでも下ろしてみる。自分で自分を楽にするしかないのだ。

子どものことで悩んだり、苦しんだり。人生の中でそういう時期は実はとても短い。無責任な言い方かもしれないけれど、それを楽しまない手はない。学校に行かない子どもとの時間を大切にする。何を考えているのかわからなくなった子どもと過ごす時間を愛おしむ。

そう思えたらずいぶん楽になる。荷物を下ろして考えられるようになったのは、一番下の娘の子育てのとき。三度目の正直でやっと生身の自分で向き合えたように思う。

娘は勉強が大嫌いで奔放な性格。中学のときから化粧に興味を覚えたり、髪を染めたりしていた。学校から呼び出されたこともある。でも彼女が学校の価値観から外れても、親として別段オタオタすることはなかった。他愛のない話を毎日のようにして、「子どもってこんなこと考えるんだ」と、物語のネタにする余裕があった。

一度だけ警察のお世話になったことがある。空き地で友達の原付バイクで遊んでいて補導されたのだ。「お母さん、ごめんなんだけど……」。沈んだ声で当人から電話がかかってきて、近所の警察署に迎えに行った。「警察のお世話になったのは初めてだよ」、そう言って娘の頭をパカンとはたいた。それでおしまい。長男や次男ならそうはいかなかった。わたしは、狼狽し、怒り、相手に弁明を許さず、ぐちぐちといつまでも歎き続けただろう。

二十四歳の結婚式。エンディングで彼女は手紙を読んでくれた。

「服装検査や頭髪検査に引っ掛かってよく家に帰されたわたしを、お母さんはいつも笑って見ていてくれた。わたしはずっと笑って生きてこられた」

いやいや娘よ。何もハレの場で己の過去を暴露しなくても……。母は大らかに笑っていたのではなく半ば呆れ、半ば作品のネタにならぬかと探っていただけなのだ。「おい、ちゃんと添削しとけよ」「そんなことできるわけないが」。式場の隅で夫とケンカをした（むろん、小声で）。

子育て後の夫婦再発見

大好きだった父や母から子どもがだんだん離れてゆくように、親も一〇〇パーセントの親から少しずつ少しずつ親ではない部分が出てきて、本来の〝わたし〟に戻ってゆく。それが子離れだと思う。七〇パーセント母親で三〇パーセントがわたしのとき、五〇パーセント母親で五〇パーセントがわたしのとき。それは同じわたしであっても微妙にちがう。そうやって自分が変化してゆく過程も楽しめたらいい。

空の巣症候群という言葉が一時期流行った。子どもが成長して巣立った後に「わたしは誰からも必要とされなくなった」とか、「今までのわたしの人生はなんだったの？」と寂しさや虚しさを感じて思い悩むのだ。でもそうやって心がグチャグチャするのは、それだけ必死で母親をやってきた証。子育てを終えたらいきいきと自分らしく生きようなんて、わざわざ負荷をかける必要はないと思う。落ち込んだり、ぽっかり孤独を感じたり、何もする気が起きなかったり、全部、自分。一〇〇パーセントの母親では絶対に味わえない〝わたし〟。

　子供たちが独立して、夫婦二人だけの生活に戻った。もともと無口な夫だから夫婦の会話が増えるわけでもない。でも、何も話さなくたって全然気まずくない。二人きりになったからもう一度絆を確かめ合わなきゃいけないとか、同じ趣味を持たなきゃいけないとか、「何々しなきゃいけない」は、なし。多分、夫婦の個性みたいなものであまりしゃべらない関係というのもあると思う。

　夫はカメラが趣味で、月に一度、二人で撮影旅行に出かける。撮るのはもっぱら風景写真。わたしにレンズを向けることはまず、ない。「きれいなものしか撮らない」だって。失礼しちゃう。

　夫がカメラ片手に出かけている間、わたしはホテルで仕事をしていることが多い。二人で美味しい夕食をとりながら、「こんな風景を見て、こんな写真を撮った」とポツリポツリ話してくれる。

　熟れた木の実に付いた瑞々しい滴とか、流れのある川底に沈んでいる紅葉の赤とか、文字人間のわたしにはよくわからないけれど「あ、この人、こういう感覚なんだ」と再発見するのが新鮮でどこか楽しい。

無名の名所・贅沢な場所

ダンナがカメラなんぞに夢中になり、本業そっちのけで日本列島あちこちを飛び回っているものだから、妻としてしぶしぶ同行することが、この数年、とみに増えた……。

嘘(うそ)です。しぶしぶどころか、嬉々(きき)としてついて回り「温泉のあるとこじゃないとだめ」とか「絶対、食事の美味(おい)しい宿にして」とか、あれこれ文句、注文をつけまくっています。

とはいえ、ダンナが撮影に出かけてしまうと、わたしは名所旧跡を訪れるわけでも、観光に出かけるわけでもなく、部屋で一人、パソコンに向かい合って仕事をしています(↑この部分に注目してください)。それでも、書きあぐねたり、疲れたりすると、ホテルの周辺をぶらりぶらりと散策します。そういうとき、おっと声を上げ、息を呑む（声を出しつつ息を呑み込むなんて、器用でしょ）風景に出会うことが度々、あります。

たとえば真冬の八甲田。ブナの樹氷が白いトンネルになって、僅かに差し込んできた陽射しに煌めきました。たとえば晩秋の上高地の早朝。風もないのに枯葉が舞い落ちてきて、わたしは一瞬異界に迷い込んだ思いがしました。夕暮れの中禅寺湖畔、蓼科の夕焼け、霧の中の北海道の原野……どれも忘れられない風景です。でも、だからこそ、「ここが絶対の名所」だと言いきれない、言いきれるほどにわたしはそこを知っているわけではない。この風景に対し、わたしはただの旅人で通りすがりの者でエトランゼにすぎない。そう思ってしまうのです。

それならばと、わたしは考え込みます。わたしが異邦人でない場所はどこかと。

考え、考え、あぁと小さく頷くことができました。

あそこがいい。

わたしと犬との散歩コースになっている川土手があります。その土手沿いはずらりと桜並木になっているのですが、花の時期はもとより青葉のころも、美しい道なのです。春の盛り、この道を通ると、咲き始めから散り終わるまで、たっぷりと桜を楽しむことができます。

ほころんだ蕾を、まだ冷たい風に揺らす桜。
雨上がりの靄に包まれた五分咲きの桜。
青空と、青空を映し出して青すぎるほど青い小川を背に、咲き誇る桜。
風に散り、視界をただ桜色一色に染めてしまう桜。

どの桜の風景も、静かに美しいのです。たいていは犬に引っ張られ素通りしてしまうのですが、時折、足を止め、頭上の花を見上げたりします。

曇りだろうと、晴れていようと、桜と空はいつも番で仲睦まじく寄り添っているように思えてなりません。空が桜を抱いているときもあれば、桜が空を愛撫しているときもあります。どちらも同等、対等な存在として、ここにあるのです。

桜の時季、この川土手を歩いていると、わたしは俄か詩人となり、桜を抱く空や、空を愛撫する桜に見惚れてしまうのです（もう少し季節が長ければ、土手に自生するワラビに夢中になりますが、これは詩人というより生活者としての逞しさ故です）。

毎日、朝夕歩いても、どんなに穏やかな日和であっても、めったに人には出会いません。たまあに、向こう岸の畑に出かけるお年寄りと顔を合わせる程度でしょうか。

満開の桜並木をわたしは独り占めします。散って散って散って、舞い落ちる桜の花弁の中で両手を広げてステップを踏むのも、木の下に寝転んで桜と空を愛でるのも、思いのままです。贅沢でしょ。桜の季節だけでなく、夏も秋も冬も美しい場所です。

八甲田よりも上高地よりも、わたしにとっての名所はやはり、この川土手かな。なんて、思いました。名もない、この国のどこにでもあるような川土手の道、です。

万年元気の健康優良オバサン

自慢じゃないが、わたしはよく感嘆される。称賛される。「いや、実にすばらしい。たいしたもんだ」とか、「全く(まった)もって、すごい」とか、しょっちゅうじゃないけれど、かなりの頻度で羨望(せんぼう)されるのだ。これが、あまり嬉(うれ)しくない。謙遜(けんそん)なんかじゃなく、正直、正真正銘、嬉しくない。称賛、羨望の理由が、

(1)あさのさんは昔から上品で美しかったが、このごろとみに上品で美しくなった。いや、実にすばらしい。たいしたもんだ。

とか、

(2)あさのさんは強運の持ち主だ。書いたものはベストセラーになるし、宝くじを買えば一等が当たるし。全くもって、すごい。

とかなら、頰(ほお)を染め「まあ、そんなことありませんのよ」なんて恥じらいもする

た例がない。一度もない。彼ら彼女らはみな異口同音に、こう言うのだ。

「あさのさんは、しょっちゅうどたばたどたばた騒がしく走り回っているくせに、いつも元気だよねえ。なんか人間というより、タフなヌートリアみたい。そういえば顔つき、ちょっと似てない？」

ああ、どうも褒めてくれてありがとうよ。全然、褒めたうちに入らないけどね。全く、一人ぐらいは別の褒め方できんのか。と、わたしは胸の内で毒づく。

どういう性分に生まれついたのか、どうもわたしは、万年元気、文句なしの健康優良オバサンに見えるらしい。本当は、老眼、腰痛、肩凝り（ひどい）、高脂血症、あれこれあれこれの身体の不調、加えて、三時間で十二文字しか書けない原稿とか、容赦なく迫ってくる締め切りとかストレスの連続で、洗濯機の中で干すのを忘れたまま三日間放置していたシャツみたいにヨレヨレになっているのだが。

それでも、元気に見えるのは……やはり元気だからだろうか。まあ、そう言われてみればヨレヨレになりながらも、ここ十年ほどは病気らしい病気もしていないし、ものすごく落ち込んで動けなくなったこともない。肉体の方はあちこち綻びながらも基本的に頑強なんだと思う。基礎のしっかりしている古民家みたいなものかしら。それに比べ、気持ちの方は、しょっちゅうへこんでいる。すぐに萎えてしまう。「今度の新刊、うーん、イマイチおもしろくなかった」なんて一言で、ベッコーンと音が聞こえるぐらいへこんでしまう。うじうじ悩むし、卑屈にもなるし、被害者意識もたぶん人並み以上にもっているはずだ。もう二度と物語を書いたりできないんじゃないかと不安になることもしばしば。ため息が出る。泣きそうになる。しかし、それでも、わたしは快復する。

萎んだゴムマリがお湯の中で膨らみ、元に戻るように、わたしは快復し、「いつか傑作が書けるんじゃない？」なんて性懲りもなく机に向かう。我ながらこの快復力は見事だと思う。性根が図太いだけではなく、わたしにはわたしだけの精神的リハビリ、元気チャージ方法があるのだ。それは……あら、紙数が。今回はここまでです。

寝転んで眺める空

前回は失礼いたしました。肝心な所で紙数が尽きてしまいまして。でも、あれ、わたしのせいじゃないよ。字数制限している編集部サイドが悪いんだい。ふんふん。

このように、自分の非を棚上げして、他者に罪をなすりつける輩（やから）がこのところ……いや、ずっと以前から我が国には横溢（おういつ）していた。今も溢（あふ）れかえっている。子どもたちには、やれ真の道徳教育が必要だの、厳しい罰則を科せだのと騒ぐ大人側が、己（おのれ）の益のためなら他人を欺（あざむ）いても、何をなすりつけても一向（いっこう）に平気なのだから、情けない。

あっ、でも、わたしレベルぐらいならいいのだ。為政者（いせいしゃ）や企業のトップが真の道徳観も持たず、ただふてぶてしいだけ、極（きわ）め付（つ）きの厚顔無恥（こうがんむち）なのには閉口するし、許しておいてはいけないとも思うが、まぁ、わたしを代表とする一般人（何故、わたしが代表なのかは……まぁ言葉の綾っちゅうもんです）は、少しぐらい開き直ってもいいのだ。というか、開き直るコツ、それがどうしたと相手を跳ね返す図々しさって、ときには、たまには、稀には、生きていく上で有効だと信じている。「良い人」だと言われ、「良い人」として生きている人には特に有効だと信じている。「良い人」というのは、かなりの確率で「自分以外の者にとって都合の良い人」の場合が多い。自分の情とか心根ではなく、他者の思いに沿って生きようとする人たちだ。それが悪いわけじゃないけれど、疲れる。疲れは蓄積し、澱のように溜まり、あなたの根っこに絡み付く。

　根っこは大事です。そこに沈殿物が堆積すると重くて動けなくなるし、息ができなくなる。時々、こそげ落とさなければならない。一年に一度の大掃除みたいなものだ（我が家では三年に一度だけど）。

「良い人」のシガラミの中で身動きできなくなる一歩手前で、開き直った図々しいわたしを曝してみるのも、いいのでは。

　え？　精神的リハビリ？　元気チャージ方法？　ああ、この前の続きですね。危うく、また、忘れてしまうところだった。

いや、でも、今更だがそれほどたいした話ではない（たいした話でもないことを二回に分けてまでしゃべるなって批判は編集部サイドにしてください。当方は一切責任をとりません）。

寝転ぶのだ。

レンゲ畑の真ん中に。

時季は春の終わりがベスト。レンゲ草がまだ柔らかく、赤紫の花々がぽつぽつと咲き始めたころだ。わたしは、この時季から、田んぼに水が入る初夏のころまで気が向けばレンゲ畑に出向き、寝転がる。最高の快感。寝転んで眺める空は二本足で立っているときより、ずっと広く、ずっと近くに思える。風が身体の上を滑り、草と土と花の香が混ざり合って、地球の匂いになる。

できれば裸足になり、ぐーーーーんと手足を伸ばす。大きく深呼吸する。僅か数分のこと。それで、けっこう元気になれる。悩みが解決するわけでも、困難が克服できるわけでもないけれど、まぁもう少しがんばってみるか、生き延びてみようかという気にはなれる。都会の方は、レンゲ畑を求めて小さな旅行をやってみてはどうだろう。案外、贅沢な時間になるかも。ただし、あまり長く寝転んでいると救急車を呼ばれたり、蛇がお腹の上で日向ぼっこをし始めるので、ご用心を。

朝の深呼吸、夕暮れの吐息

暑くなった。しかも蒸して、蒸して、さらに蒸して……日本の夏はなかなかに厄介である。わたしは、寒さにはわりに強い。北国にお住まいのみなさんから顰蹙をかうかもしれないけれど（他人の顰蹙など全く意に介さない強靭な精神をわたしは有している。あくまで強靭なのだ。決して図太いわけではない）、霜が一面に降りた朝など、スキップしたくなるし、横殴りの雪風の中を鼻水をたらしながら、どこまでも歩いたりしてしまう。

歩くときは、たいてい犬を連れているので、寒さが大の苦手で、冬場はコタツに潜り込むのを常としている我が愛犬は、とてもとても迷惑がっている。綱を握る気紛れな主人を、哀しげな目付きで見上げたりする。もちろん、そんなパフォーマンスで雪中散歩は中止になったりしない。お気の毒さま、である（他人の顰蹙は意に介さないけれど、愛犬の胸中を慮る優しさはあるのだ)。

　重ねて言うが、わたしは、寒さにはわりに強い。そして、暑さはからっきしダメな人間である。めちゃめちゃ弱い。夏が近づくと普段は、不便だの、閉鎖的だの、刺激がなさすぎるだのと文句たらたらの田舎暮らしが心底、ありがたくなる。わたしの住んでいる小さな町は四方を山に囲まれているおかげなのか、山裾をぬって流れる川の恩恵なのか、朝夕、特に朝方はきりりと冷たい空気に包まれる。盛夏、酷暑のころであってもそうだ。日中がうだるような暑さになるとしても、朝の大気は涼やかさをたっぷりと含ませて、わたしを包み込む。そこで、深呼吸。窓を開け、流れこんでくる大気に顔を向け、両手を大きく開く。腕の角度は四五度ぐらい。ゆっくりと大きく、できるだけゆっくりと大きく、息を吸い、吐く。しゅるしゅると胸に涼やかな空気が滑り込む。もう一度、できるだけゆっくりと大きく、吸う。吐く。身体の隅々に朝の匂いが行き渡る。最後にもう一度。できるだけゆっくりと大きく深呼吸。お腹がきゅるきゅると鳴る(これは空腹だからで、深呼吸とも朝の大気ともなんら関係はない)。

　つごう三回の深呼吸。これが、案外に力をくれるのだ。澱んでいた血流が動き出す気配を感じる。身体をめぐる血の流れと、朝の匂いが、さっ、一日が始まるぞと、精神にスイッチを入れてくれる。昨日までの暑気にいささかバテぎみだった心身にささやかなカンフル剤を投与してくれる。

深呼吸のついでに、背伸びをすればさらに効果は高まる。とても恣意的な解釈というか、自分勝手な妄想にすぎないのだけれど、朝の大気は高揚とエネルギーを、夕暮れの風は沈静と諦念を内包しているような気がしてならない。いや、きっとそうだとわたしは信じている。だから、決して、決して、夕暮れ時に深呼吸などしてはならない。小さく吐息を漏らし、忍びやかに歩くのだ。自分が暮れようとする風景の中に静かに融けていく感覚を楽しむのだ。そうすれば、人の心身はごく自然にクールダウンできる……まあ、その、科学的根拠など全くないのだが。でも、騙されたと思って試してみてほしい（騙されたと思った人は文句、苦情を遠慮なくぶつけてください。わたしではなく、編集部宛てにどうぞ）。

朝の深呼吸、夕暮れの吐息。今日という日に向かい合う作法と別れの挨拶。思いの外、自分の生を鮮烈に実感できたりするのだ。これからの季節、お勧めです。

いい人生？

この歳(とし)になると、来(こ)し方を振り返り、行く末を思うことが多くなる。加齢現象といえばいえるかもしれないが、これがなかなかに厄介(やっかい)だ。

若いうちならいい。過去を振り返り、そこに「何が」あっても——思い出すたび、身体(からだ)が火照(ほて)るような恥辱(ちじょく)であっても、胸が疼(うず)く失恋であっても、苦(にが)い過(あやま)ちであっても——未来に視線を転じれば、過去の恥辱や失った恋や過ちを補ってあまりある「何か」が必ず存在する。若さの最大の特権は、過去の絶望より未来の希望の方が、必ず大きいということだ。これは、過ぎてきた者にしかわからないことなのかもしれないけれど。

わたしぐらいの歳になると、未来という切り札がなかなか使えなくなる。困ったものだ。だからといって、昔より賢明になったとも、良い人になったとも、無心になったとも思えない。全く困ったものだ。でも、人間ってそんなものかもしれないと、このごろ思う。

　人間ってそんなものだろう。

　いくつになっても、じたばたと足掻き、悩み、落ち込み、嫉み、悟りは開かず、俗にまみれて生きる。そういうものじゃないだろうか。少なくとも、わたしはそうだ。だから、これが「いい人生」だなんて、断言できない。「いい人生」は、いつだって徒花のように、日々のあちこちに咲いては散っていく。

「いい人生を生きたい」「悔いのない一生を過ごしたい」、そんな声を聞くけれど、人間はどんな生き方をしても悔いるし、満足なんてできない。ただ、諦めることはできる。見切りをつけることもできる。「まぁ、おれの人生、こんなものか」「わたしにしては、そこそこ上出来と思わなくちゃ」と諦め、見切って生を終えることは可能だろう。それでいいと思う。わたしは、悟って「わたしの人生、すばらしかったです」と彼岸に旅立つ人よりも、「こんなものだけど、しょうがないよな」と苦笑いして別れを告げる人が好き。

　自分に正直だから。ああ、そうか……万が一「いい人生」なんてものがあるとしたら、それは自分に背かないことに繋がっているかもしれない。

自分に背かない。自分をごまかさない。自分を欺かない。若いうちは、ちょっと難しいかな。だけど、ぎりぎりのところで踏みとどまってほしい。若いあなたたちの周りには、たぶんいろんな声が渦巻いている。「これが正しいのだ」「これがいい人生なんだ」「こう生きれば、間違いない」等々。だけど、気をつけて。紛い物が多いから。

聞くべき声はいつだって、自分の内にある。「わたしは、それを欲しているのか」「わたしは、何が大切なのだ」「わたしは、どう生きたいのだ」。自分に問い続け、自分で答えを探す。見つからなくたっていい。自分と向かい合い、そこからいつだって出発した。そのことこそが誇らしいのだ。世間という自分でないものに振り回されるのはしかたない。弱くたってかまわない。

だけど、弱いこと、振り回されていることをちゃんと自覚できる人とまるでできない人の差は大きいと思う。いくら金持ちでも、学歴が高くても、眉目秀麗でも、鵺のように得体のしれない世間の価値観なんかに疑うことなく振り回され、従属している人の人生は惨めだ。みすぼらしい。哀れだ。そんな人生、歩みたくないよ、わたしは（ちょっと危ないけど）。

聞くべき声はいつだって、自分の内にある。モノサシは自分で作る。それで、自分を計りたい。そんな自前のモノサシをちゃんと持っている人をホンマモンの大人というのだ。若いときから耳をそばだて、自分の声を聞いてください。モノサシをせっせっと磨(みが)いてください。

後悔のない人生なんてありえない。足掻かず生きている人なんていない。「いい人生」の定義なんて存在しない。人、それぞれが自分のモノサシを手に入れて、計り、創りあげるしかないのだ。

初出一覧

第一章

◎『ＰＨＰ』ＰＨＰ研究所　連載「うふふ」二〇〇九年一月〜二〇一〇年十二月号

第二章

◎『日本経済新聞』夕刊　連載「プロムナード」日本経済新聞社　二〇〇六年一月十六日〜六月二十六日

第三章

◎小さな風景／『群像』講談社　二〇〇五年四月号

◎物語と出会って／『小説トリッパー』〈私を変えたこの一冊〉朝日新聞出版　二〇〇七年六月号

◎日常のファンタジー／『別冊　文藝春秋』〈癒しのスポット〉文藝春秋　二〇〇四年九月号

◎疼(うず)きとともに／『小説トリッパー』〈私が時代小説に目覚めた頃〉朝日新聞出版　二〇〇八年六月号

◎足掻(あが)くことの意味（原題「受け入れること、あらがうこと、あがくことの意味」）／『日経ウーマン』〈妹たちへ〉日経ＢＰ社　二〇〇九年十二月号

◎三十代のわたし（原題「三十代の私。目まぐるしい日々の中で改めて書くことに向かい合った」）／『日経ウーマン』〈妹たちへ〉日経ＢＰ社　二〇一〇年一月号

◎迷い、惑い、揺れ、焦った四十代（原題「迷い、惑い、揺れ、焦った四十代。そして新たな自分と出会った」）／『日経ウーマン』〈妹たちへ〉日経BP社　二〇一〇年二月号
◎「傲慢（ごうまん）な夢」も必ず叶えてみせる／『婦人公論』中央公論新社　二〇〇六年十月七日号
◎無口な次男が父親になった／『プレジデントファミリー』プレジデント社　二〇一〇年六月号
◎結婚式での娘の手紙／『プレジデントファミリー』プレジデント社　二〇一〇年七月号
◎子育て後の夫婦再発見／『プレジデントファミリー』プレジデント社　二〇一〇年八月号
◎無名の名所・贅沢な場所／『文藝春秋ＳＰＥＣＩＡＬ』〈私だけの名所〉文藝春秋　二〇一〇年夏号
◎万年元気の健康優良オバサン／『週刊ポスト』〈元気の素〉小学館　二〇〇九年六月五日号
◎寝転んで眺める空／『週刊ポスト』〈元気の素〉小学館　二〇〇九年七月三日号
◎朝の深呼吸、夕暮れの吐息／『週刊ポスト』〈元気の素〉小学館　二〇〇九年七月三十一日号
◎いい人生？／『ＰＨＰ』〈いい人生の生き方〉ＰＨＰ研究所　二〇〇七年四月号

この作品は、二〇一二年五月にＰＨＰ研究所から刊行された。

著者紹介
あさのあつこ
1954年、岡山県生まれ。青山学院大学文学部卒業。小学校の臨時教師を経て作家デビュー。『バッテリー』で野間児童文芸賞、『たまゆら』で島清恋愛文学賞を受賞。『バッテリー』シリーズは映画・TVドラマ化され、ミリオンセラーになった。
その他、『おいち不思議がたり』『燦』『The MANZAI』『NO.6』『ガールズ・ブルー』『ランナー』のシリーズ、『かんかん橋を渡ったら』『ミヤマ物語』『ゆらやみ』、メッセージブックとして、『なによりも大切なこと』などの作品がある。

PHP文芸文庫　うふふな日々

2016年9月23日　第1版第1刷

著者　あさのあつこ
発行者　小林成彦
発行所　株式会社PHP研究所
東京本部　〒135-8137 江東区豊洲5-6-52
文藝出版部　☎03-3520-9620(編集)
普及一部　☎03-3520-9630(販売)
京都本部　〒601-8411 京都市南区西九条北ノ内町11
PHP INTERFACE　http://www.php.co.jp/
組版　朝日メディアインターナショナル株式会社
印刷所　共同印刷株式会社
製本所　株式会社大進堂

ISBN978-4-569-76609-6

PHP文芸文庫

桜ほうさら（上・下）

宮部みゆき 著

父の汚名を晴らすため江戸に住む笙之介の前に、桜の精のような少女が現れ…。人生のせつなさ、長屋の人々の温かさが心に沁みる物語。

定価 本体各七四〇円（税別）

PHP文芸文庫

深き心の底より

小川洋子 著

『博士の愛した数式』の著者、小川洋子の不思議な世界観を垣間見るような珠玉のエッセイ集。静謐な文章で描かれた日常に、真実が光る。

定価 本体五七一円(税別)

PHP文芸文庫

なによりも大切なこと

あさのあつこ 著

『バッテリー』『ガールズ・ブルー』など、あさのあつこの人気作品の中からドキドキする言葉を選出。若い貴女に勇気と元気を贈ります。

定価 本体五七一円(税別)

おいち不思議がたり

あさのあつこ 著

舞台は江戸。この世に思いを残して死んだ人の姿が見える「不思議な能力」を持つ少女おいちの、悩みと成長を描いたエンターテイメント。

PHP文芸文庫

桜舞う

おいち不思議がたり

あさのあつこ 著

お願い、助けて――亡くなったはずの友が必死に訴える。胸騒ぎを感じたおいちは……。大人気の青春「時代」ミステリーシリーズ第二弾！

定価 本体七五〇円（税別）

PHPの本

闇に咲く

おいち不思議がたり

あさのあつこ 著

夜鷹が三人、続け様に腹を裂かれて殺された。下手人は侍か、はたまた人のふりした物の怪か。好評「おいち不思議がたり」シリーズ第三弾!

【四六判】 定価 本体一、六〇〇円(税別)